Une saison douce

Du même auteur,
chez le même éditeur

Mal de pierres, 2007
(et « Piccolo » n° 163)

Battement d'ailes, 2008
(et « Piccolo » n° 64)

Mon voisin, 2009
(« Piccolo » inédit n° 60)

Quand le requin dort, 2010
(et « Piccolo » n° 167)

La Comtesse de Ricotta, 2012
(et « Piccolo » n° 98)

Sens dessus dessous, 2016
(et « Piccolo » n° 136)

Terres promises, 2018
(et « Piccolo » n° 147)

avec Luciana Castellina

Prends garde, 2015
(et « Piccolo » n° 124)

Milena Agus

Une saison douce

Traduit de l'italien
par Marianne Faurobert

Liana Levi

Ce livre a été traduit grâce à une aide du ministère italien
des Affaires étrangères et de la Coopération internationale/
Questo libro è stato tradotto grazie a un contributo del Ministero
degli Affari Esteri e della Cooperazione Internazionale italiano

Les extraits de la Bible sont tirés de la traduction d'Émile Osty &
Joseph Trinquet (Le Seuil, 1973).

Titre original : *Un tempo gentile*

ISBN : 979-10-349-0369-6

www.lianalevi.fr

À ma mère, Maria Atzei,
à mes tantes Assunta, Giulia Atzei et Caterina Bolliri,
qui ont toujours aidé ceux qui en avaient besoin
comme si c'était la chose la plus naturelle du monde

Peu à peu, l'herbe a tout enseveli
Et jamais tu n'aurais imaginé
que juste ici, un an auparavant,
des hommes et des femmes riaient ensemble,
en regardant un arbre en fleurs.

Tonino Guerra, *Le Cheval d'Ulysse*

Personnages autochtones
Le chœur des villageoises, dont la narratrice
Le chœur des villageois
Ces Dames : donna Ruth et sa fille Lina
La Dévote
L'ancien Maire, époux et père de ces Dames
Le Père Efix
Le Pou
Le Tailleur
Le Maire

Personnages envahisseurs
Abdulrahman, neveu de Saïd et de Saïda Amal
Atom, fils de Tessy
Le chœur des Noires
Le chœur des Noirs
L'Évangélique, humanitaire
Gilles, le chien
L'Ingénieur, humanitaire
Lorena, l'Étudiante, humanitaire
La mère de Mahmoud
Mahmoud
Naïma
Le Professeur, humanitaire
Robin, humanitaire
Saïd Amal
Saïda Amal
Tessy
L'humanitaire du sex-shop
Tantine, humanitaire

Le village perdu

Les jours d'avant, debout devant nos armoires, nous avions interverti nos garde-robes, celle d'été au-dessus, celle d'hiver en dessous. Cette tâche accomplie, nous éprouvâmes la satisfaction de voir chaque chose à sa place, alors que bientôt, plus rien ne le serait. Les envahisseurs débarquèrent et nous prirent par surprise.

Si nous avions été prévenues, le rangement des armoires aurait été le dernier de nos soucis.

Ils dévalèrent les rues de notre petit village, et il fut clair pour nous toutes qu'il avait été vain de repasser nos draps, de lustrer nos sols et d'astiquer nos robinets jusqu'à ce qu'ils rutilent : à l'heure de la catastrophe imminente, nos lampes, nos services de table, nos meubles et nos livres, nos vêtements et nos souliers, bref, nos objets de tous les jours, nous semblaient désormais ridicules et vides de sens. Et cela, en une seule journée.

Tant qu'il était encore temps, nous aurions dû, au lieu de trimer, organiser des manifestations du genre « Stop à l'immigration sauvage », et aller à la mairie dire au Maire : « Tout le monde sait que vous roulez pour les migrants. Nous, on n'en veut pas chez nous. »

En attendant, tout le monde se fichait bien de nous, habitants d'un village de bicoques et de rues délabrées, de vieilles baraques rafistolées à grand renfort de parpaings et d'aluminium anodisé.

À l'arrivée des envahisseurs, les propriétaires de la seule demeure décente étaient ces Dames, donna Ruth et mademoiselle Lina, la veuve et la fille célibataire de l'ancien Maire.

Il y avait ensuite la maison de Bissente et de sa femme, que nous appelions le Pou parce qu'elle avait été pauvre et qu'à présent, elle se donnait de grands airs et faisait la fière derrière la caisse de l'épicerie.

C'était une vilaine construction moderne, sans charme aucun et démesurée, par rapport au jardinet tout mesquin qui l'entourait où elle donnait la fâcheuse impression d'une tête énorme sur un corps minuscule. Mais le Pou l'avait désirée ainsi, remplie de pièces, pour les enfants qu'ils n'avaient jamais eus.

Le train ne s'arrêtait plus chez nous, il passait en sifflant et en nous ignorant, parce que nous n'étions même plus une commune, rien qu'un hameau baignant dans le silence : le Maire, les urgences médicales et le curé se trouvaient au village voisin.

Des sentiers boueux serpentaient entre les murs de ce qui avait été jadis des potagers et des jardins, où à présent n'importe qui pouvait entrer puisque leurs portillons, dépourvus de cadenas, étaient ouverts et grinçaient à tous vents. Les rares boutiques du village vendaient toutes sortes de marchandises, de la mortadelle au cirage, comme autrefois, sans aucune spécialisation, leurs enseignes pendouillaient, ou bien il leur manquait des lettres.

Autrefois, nous avions produit du miel, des olives, de l'huile, du vin et des fromages. Les citadins désireux de nourriture saine et naturelle venaient la chercher chez nous, et vous pouviez encore voir des traces de ce temps-là : étables servant d'entrepôts, piquets branlants d'anciennes vignes. Désormais, plus personne ne venait rien nous acheter, l'agriculture et l'élevage avaient laissé place à la culture des artichauts et de la biomasse.

Notre village n'a jamais possédé le charme sarde, pas de troubles intrigues chez nous, ni de canyons sauvages, et plus qu'un roman de Grazia Deledda, il évoquait un western après le passage des méchants, sauf qu'aucun de nos hommes ne montait à cheval, un pistolet au ceinturon.

Avant l'invasion du village par les migrants et les humanitaires qui les accompagnaient, il y avait eu celle des aides-soignantes étrangères. Elles ne venaient pas d'Afrique ni du Moyen-Orient, mais des pays pauvres de l'Est. Éblouis par leur blondeur et par leur taille, oubliant que toute cette beauté était celle du diable, éphémère, que seule la jeunesse confère, nos célibataires les avaient épousées, laissant vieilles filles nombre de villageoises, après quoi ils avaient déménagé Dieu sait où.

À l'arrivée des migrants, les vieux, surtout les hommes étaient tous morts. Ne restaient que leurs veuves et nous, couples vieillissants formés de femmes vaillantes et rieuses et de leurs maris honnêtes, sérieux et travailleurs mais aux tristes figures, aux sourcils perpétuellement froncés, qui ne semblaient se détendre que lorsqu'ils allaient boire un coup dans l'unique bar du village, qui sentait le bouchon.

Sardes un peu ramollies, les premières à avoir joué avec de vraies poupées, au lieu de poupons de chiffons, les premières à avoir été au lycée, même s'il était loin d'ici et à avoir porté des minijupes sans nous faire rouer de coups, nous nous désolions quand nos maris rentraient soûls, affligées de les voir noyer leur mal-être dans l'alcool.

Il était loin, le temps de nos grand-mères – trousseau de clefs à la ceinture, elles auraient fait irruption dans le bar et ramené d'une poigne de fer leurs maris ivres à la maison, ou sinon, elles auraient refusé de leur ouvrir la porte, les laissant passer la nuit à la belle étoile.

Les migrants, que nous qualifiâmes tout de suite d'envahisseurs, ne trouvèrent pas de jeunes au village. Ici, aucun enfant ne naissait plus, et on nous avait même fermé notre école primaire. Nos petits-enfants, pour ceux qui en avaient, grandissaient sans nous connaître, puisqu'ils vivaient loin d'ici et ne rendaient jamais visite à leurs grands-parents.

Au fond, nos enfants avaient bien fait de prendre leur destin en main et de partir, mais notre crève-cœur, c'était que tôt ou tard, ils nous oubliaient. Au début, ils revenaient, au moins de temps en temps, mais ils s'ennuyaient ici, et regardaient tout de haut. À cause d'eux, nous avions honte des parpaings, du carrelage, du plastique, du fibrociment et de l'aluminium que nous avions substitués à la pierre, à la terre cuite, au bois et aux tuiles ; nous rougissions de nos ordures, qui n'étaient ramassées que deux fois par semaine.

Nos enfants souffraient peut-être aussi de cette humiliation propre aux émigrés quand ils rentrent au pays aussi perdants et vaincus qu'ils en sont partis, ou alors ils se persuadaient que nous autres, paysans peu émancipés et sur le déclin, nous ne comprendrions rien aux gays, ni aux couples hétéros non mariés, aux dépressifs, à ceux qui avaient pris ou perdu trop de poids, ou qui étaient devenus chauves.

Certains, qui à nos yeux s'étaient exilés sans raison valable, nous avaient dit à l'époque qu'ils voulaient juste changer d'air, qu'ici, ils étouffaient.

Le fait est que les humains sont sans doute ainsi faits : toujours en mouvement. D'ailleurs, dès qu'ils se sont mis debout, nos ancêtres ont marché, encore et encore, à travers l'Eurasie, ils ont franchi le détroit de Béring et sont descendus jusqu'à la Terre de Feu. Après quoi, dès qu'ils ont été capables de construire une pirogue, ils ont débarqué sur toutes les plages du monde.

Nos enfants émigrés nous disaient au téléphone : « On ne peut pas venir, on est débordés, essayez de comprendre.

– Mais oui, mais oui, on comprend. »

En réalité, nous ne comprenions rien et nous étions blessés.

La plupart d'entre eux n'avaient pas fait fortune, loin d'ici, alors – en cachette de leurs pères, naturellement – nous, leurs mères, nous avions constitué une caisse commune où chacune versait l'argent qu'elle pouvait et régulièrement, nous faisions un virement pour ceux de nos enfants émigrés qui en avaient le plus besoin.

Aucun d'eux n'était devenu célèbre dans un domaine quelconque, sciences, musique, théâtre ou même finances, sauf le fils du Tailleur qui avait hérité son talent et qui, en quittant le village, avait bel et bien fait fortune. Jadis, son père aussi avait habillé en Sardes tous les richards de l'île et quelques-uns du continent qui appréciaient les corsets et les longues jupes plissées, ou le costume de grosse futaine, et puis, Sardes comme Continentaux s'étaient lassés de ses créations. Beaucoup d'entre nous, avant qu'il ne parte, préféraient déjà le fils à son père. Il se tenait assis devant vous, pensif, sur une chaise, et vous observait ; puis il se levait et marchait de long en large, les mains dans le dos, et enfin, il créait ses chefs-d'œuvre, qui rappelaient les costumes sardes de nos ancêtres, mais dans des versions ouvertes aux influences du monde. Ceux qui ne les appréciaient pas prétendaient qu'il faisait dans le salmigondis stylistique, mais les autres adoraient ces corsages avec une touche exotique, ses *robes bustiers*[1]* et *robes corsets**, ou ses couvre-chefs façon *bowler* ou *marseillaise*, comme il les appelait.

La fortune de son fils, parti présenter au monde entier ses salmigondis franco-sardes, anglo-sardes, arabo-sardes, africano-sardes, et encensé par tous, fut pour son père un motif de grand désarroi. Du temps où il vivait au village, personne n'avait soupçonné que ce garçon avait un faible pour les autres garçons, mais dès qu'il fut loin d'ici, on le vit en compagnie d'un fiancé. En conséquence de quoi, toute question stylistique mise à part, le Tailleur avait honte de ce fils gay, et en aurait eu pareillement honte quand bien même ce dernier aurait découvert la panacée contre toutes les maladies mortelles, le moyen de sauver la Terre de la catastrophe, ou des choses de ce genre.

En tout cas, à propos de ceux qui étaient partis, nous nous accordions tous à penser qu'avec un peu d'inventivité, une vie décente aurait été possible si nous étions restés soudés. Au lieu de quoi nous avions perdu la trace de nombreux villageois, et maintenant, leurs maisons et leurs jardins menaçaient ruine.

Même le petit terrain de foot avait été laissé à l'abandon, les hommes s'y rendaient encore de temps à autre pour s'y affronter, avec, vieux souvenirs de l'ancien temps, leurs maillots si élimés et si délavés que vous n'auriez pas distingué les joueurs d'une équipe de ceux de l'autre, et c'était un peu de notre faute, à nous les femmes, qui n'allions pas à Cagliari en acheter des neufs, onze bleus et onze rouges, par exemple, avec l'emblème des quatre Maures.

N'allez pas penser que le village était dans cet état parce que nous étions paresseux. Une sorte de malédiction nous empêchait de nous projeter dans l'avenir, de changer

1. Les termes en italiques suivis d'un astérisque sont en français dans le texte.

vraiment les choses importantes, et c'est pourquoi nous nous bornions à des bêtises routinières comme d'intervertir nos garde-robes, de repasser nos draps à la perfection et d'astiquer nos robinets au lieu de restaurer nos maisons et nos routes, de réparer nos conduites d'eau pourries ou de nous intéresser à la politique.

Non, nous n'étions pas paresseux, nous travaillions dur mais, même si les artichauts cultivés étaient bien verts et que, non loin d'ici, se dressaient les tombes des géants, les *nuraghi*[1], les *domus de janas*[2], et bien que nous ayons presque tous été au lycée, nous avions l'impression que notre vie baignait dans la teinte gris souris de l'ignorance.

Nous étions dans cet état à l'arrivée des envahisseurs. Tout ceci nous arrivait peut-être parce qu'au village, nous n'avons pas la mer, avec ses vagues qui vont et viennent et l'horizon, si uni au ciel qu'il vous donne la sensation de l'infini. Et peut-être était-ce justement parce que notre horizon est si limité que nos idées l'étaient également. Pourtant, la mer est proche, une heure de car ou une demi-heure de voiture et tout pouvait changer, car face à la mer, toujours en mouvement, qui parvient à baigner toutes les terres de la planète et se mêle aux océans immenses, nous aurions compris que l'angoisse, le désarroi et la peur font partie de la condition humaine et nous concernent comme vous, comme tout le monde, et nous nous serions sentis moins seuls, plus universels, moins craintifs devant les bouillabaisses de races, de cultures et de choses de ce genre.

1. *Nuraghe :* tour ronde en forme de cône tronqué caractéristique de la culture nuragique apparue en Sardaigne entre 1900 et 730 av. J.-C.

2. *Domus de janas :* maisons des fées, ou des sorcières, sépultures de l'époque préhistorique creusées dans la roche.

Mais, et même si cela vous paraît impossible, dans ce village où le soupçon et la méfiance finirent par nous diviser, avant l'arrivée des migrants, nous nous aimions bien et nous étions amis. Les soirs d'été, nous sortions des chaises et nous prenions le frais sur le seuil de nos maisons, nous contemplions les étoiles et nous faisions, à notre façon, un peu de philosophie. Nous avions tant à dire, même si nous parlions rarement de ce qui nous tenait vraiment à cœur. L'avantage, c'était que nous étions toujours ensemble et que nous ignorions la solitude, avant les envahisseurs.

L’arrivée des envahisseurs

Comme nous vous l’avons raconté, au village, nous n’étions pas la crème, mais quand les migrants débarquèrent, nous les regardâmes avec horreur.

Des nuages couleur plomb, lourds de vent et de pluie, leur avaient lâché dessus un déluge, les réduisant à un étrange échantillon d’humains trempés, froissés et gelés, chaussés de souliers éculés.

À la gare où les trains ne s’arrêtaient plus et où ne passaient que deux cars par jour, ils avaient attendu sous la pluie que quelqu’un d’ici vienne les chercher et, ne voyant personne, ils avaient marché jusqu’au centre du village. Nous qui habitions sur la place, nous les observions, cachés derrière nos volets.

Parmi les nombreux Noirs, il y avait quelques Blancs : une jeune fille blême au regard éperdu, une femme accrochée à son téléphone, un drôle de type avec une toque de cosaque, un grand garçon à la bouche de travers et un homme mûr à l’air distingué.

Deux des hommes et l’une des femmes semblaient être arabes, mais pour la plupart, ils étaient noirs, comme tous ceux que nous avions vus tant de fois au journal télévisé, débarquant de leurs rafiots en demandant de l’aide. L’une des Noires poursuivait un enfant qui cherchait à s'enfuir, une autre avait un gros ventre.

Un chien à l'air impertinent cavalait tout autour de ces gens.

Nous nous sentîmes comme devaient s'être sentis les indigènes de tant de pays du monde à l'arrivée des étrangers. Aux envahisseurs mal fagotés, aucun de nous autres, qui n'étions pas plus fringants, n'ouvrit sa porte. Alors ils sonnèrent au portail de la bâtisse la plus grande sur la place, à côté de l'église : celle de ces Dames. Celui-ci s'entrouvrit et mademoiselle Lina apparut, dans son cache-misère d'intérieur, les cheveux rassemblés en un chignon bien serré sur la nuque : « C'est une plaisanterie ?

– Nous ne pouvons ouvrir à personne, hurla sa mère pour que tous l'entendent. Nous sommes deux femmes seules ! »

Le plus âgé des Arabes cogna du poing contre la porte qu'on avait claquée au nez de l'homme distingué, puis il revint s'asseoir avec les autres sur les marches de l'église. Peut-être s'étaient-ils trompés d'endroit.

Pendant ce temps-là, la jeune mère courait après son fils qui s'enfuyait en criant : « *Chut ! Chut !* » fit-elle, quand elle l'eut rattrapé.

Des heures avaient passé et il avait cessé de pleuvoir quand la tête de mademoiselle Lina pointa derechef hors de la maison de l'ancien Maire : « Vous êtes encore là ? »

Nous, les villageois, nous n'avions rien en commun avec ces Dames, qui étaient de la haute. Nous ne sommes pas comme les Napolitains, qui vous imposent leur compagnie même si vous n'en voulez pas et vous pourchassent, vous parlent, vous invitent à parler. Nous, les Sardes, nous sommes accueillants, mais si nous devinons que vous souhaitez rester seuls, seuls nous vous laisserons, à jamais.

Seulement un salut, quand nous les croisions dans la rue, la vieille, toujours pimpante dans ses tenues couleur dragées, bien droite dans son fauteuil roulant, et Lina, longue et maigre, vêtue de ses sempiternels habits passés, à la lenteur molle de limace, les cheveux serrés en un petit chignon rond semblable à un kyste d'échinocoque.

Le Maire du village voisin, qui était maintenant aussi celui du nôtre, avait sans doute été un temps le fiancé de Lina, disait-on au village, car à une certaine époque, il venait la voir tous les jours. Puis soudain, sans crier gare, il avait épousé l'aide à domicile de donna Ruth. Nous ne les plaignîmes pas, puisqu'elles se donnaient de grands airs et ne se mêlaient pas à nous. Elles faisaient venir d'ailleurs tout ce dont elles avaient besoin. Jamais elles ne s'adressaient au brave médecin du village voisin, même pour les urgences, et dédaignaient jusqu'aux œufs de nos belles poules locales, sans parler bien sûr des vêtements de notre Tailleur.

Avant de mourir, le père de mademoiselle Lina, l'ancien Maire, sortait toujours de chez lui à la même heure, tout seul, très tôt pour ne rencontrer personne. Il faisait un grand tour du village, comme quand il en était le Maire, mais il ne s'arrêtait plus pour inspecter tout ce qui n'allait pas, en s'énervant, ainsi qu'il le faisait autrefois ; à présent, il marchait courbé et quand il rencontrait quelqu'un, il le saluait d'un signe bref. Il savait que ces tournées ne lui faisaient aucun bien et que désormais tout le chagrinait, mais il reparcourait chaque jour les rues de sa vie d'avant. Il marchait et marchait encore.

Une nuit, il se pendit. Nous n'en fîmes pas non plus une maladie. Ces gens-là étaient trop gâtés. Dès qu'une chose ne tournait pas selon leur volonté, ils en faisaient des tonnes, comme s'ils étaient nés de la cuisse de Jupiter et que tout leur était dû.

Mais le jour de l'arrivée des envahisseurs, mademoiselle Lina, d'ordinaire aussi lente qu'une limace, se montra plus vive que l'éclair. En pantoufles et en cache-misère, sans même un parapluie, elle passa par une ruelle dérobée et, faisant fi de ses scrupules et de sa longue habitude de la solitude, elle vint sonner, désespérée, à nos portes pour nous demander notre aide. « J'ai peur, je ne sais pas quoi faire, vous viendriez avec moi pour leur demander ce qu'ils veulent ? »

Alors, poussées par l'urgence, ou plus probablement par la curiosité, nous, les femmes, nous quittâmes nos postes d'observation pour la suivre. Avec un sourire effrayé, mais rassurée par notre présence, elle ouvrit son portail et nous fit entrer en même temps que les envahisseurs blancs.

Nous n'avions jamais vu cette demeure, fabuleuse, dans nos esprits de personnes modestes.

« Vous croyez qu'elles ont un dressing-room ? Et une buanderie pour le repassage ? nous demandions-nous.

– Mais que voulez-vous qu'elles repassent, les cache-misères de Lina ? »

Les carreaux du sol formaient une mosaïque d'octogones bleus, blancs et roses. Les murs étaient tapissés d'un vieux papier peint fleuri. La fresque du plafond figurait un gâteau rond, chaque tranche de ce gâteau était ornée d'un bouquet de roses. Au centre de la pièce, une grande table, et au fond, une imposante cheminée. Une lourde porte en bois ouvrait sur le cabinet de l'ancien Maire, carrelé de blanc et de rouge, avec son bureau massif, sa bibliothèque vitrée, ses deux fauteuils et son plafond décoré d'un paysage de bord de mer sous un ciel ponctué de nuages.

Avant d'entrer, les envahisseurs se donnèrent de grandes tapes pour faire tomber la boue de la rue, et nous aussi, les villageoises, nous prîmes garde de ne pas salir ce sol magnifique. Polis et silencieux, comme en visite officielle, tous immobiles, nous roulions des yeux admiratifs. Donna Ruth et Lina nous observaient, raides et sur le qui-vive, comme pour une photographie.

« Je vous prépare du thé ? Avec des biscuits ? nous proposa Lina. Comment je fais pour les tasses ? demanda-t-elle à sa mère dans un murmure.

– Les tasses ! les tasses ! la morigéna la vieille à haute voix. Nous avons assez de tasses pour un régiment. On dirait que tu n'habites pas ici. Quelle nunuche tu fais ! »

Mademoiselle Lina revint chargée de paquets de biscuits et de thé, qu'elle tendit aux envahisseurs. « Nous n'avons aucune raison d'avoir peur de vous, n'est-ce pas ? Nous voulons vous aider. »

La Ruine

Nos hommes arrivèrent à leur tour et les accompagnateurs des réfugiés nous montrèrent un document qui notifiait leur affectation.

« Mais c'est une ruine ! » protestâmes-nous en chœur, consternés.

Ce qu'au village nous appelions la Ruine avait été une belle maison, mais elle était à l'abandon depuis que ses propriétaires, partis au loin, en avaient fait don à la municipalité pour la transformer en salle des fêtes, à l'époque où nous nous rassemblions encore pour discuter de ce que disaient les journaux et nous intéresser à autre chose qu'au repassage des draps et à la culture des artichauts.

Après un bref moment d'enthousiasme, nous ne fîmes plus rien de ce don et, à force de projets avortés, la maison devint peu à peu une masure où les enfants venaient éprouver l'ivresse de la peur des fantômes et les jeunes qui n'avaient pas de voiture, faire l'amour. C'était l'une de ces habitations que les spécialistes nomment : « maisons campidanaises en profondeur ».

On y pénétrait par le salon de réception, destiné aux hôtes de marque, qui faisait face à la pièce où jadis les femmes filaient, tissaient et tamisaient le blé. Puis on traversait les chambres de la famille pour enfin déboucher dans la cuisine dont l'antique cheminée, immense, était encombrée de gravats et où des casseroles en cuivre pendaient encore aux murs. Tout au fond, la maison s'ouvrait sur une petite cour sans accès sur la rue, où se trouvait le four à pain et où l'on remisait autrefois les outils pour le travail de la terre et les *strexu' e fenu*, des instruments en paille pour tamiser la farine. Derrière un muret en pierres sèches, tout au bout de la cour, s'étendait l'ancien potager, envahi d'orties et de mauvaises herbes.

La pluie avait cessé, et nous entreprîmes d'ouvrir les fenêtres pour aérer les lieux, leurs battants s'étaient décrochés des cadres et bringuebalaient, mais quand nous réussîmes à les forcer nous pûmes voir la lumière, étonnamment douce et le ciel, de cet azur particulier qui succède aux orages.

Les pièces dont le plafond était intact se remplirent de balluchons. Les humanitaires enfilèrent des vêtements secs, mais les migrants ne déballèrent pas leurs affaires.

Nous les villageois, pris à l'improviste par cette situation qui nous déboussolait, nous apportâmes des bougies, des couvertures et des habits de rechange pour les nouveaux arrivés dégoulinants. Par chance, nous étions du genre à ne jamais rien jeter et tous les réfugiés purent quitter leurs vêtements trempés, même si le résultat fut vaguement clownesque. Les hommes grands arboraient des caleçons à la zouave qui leur laissaient les mollets à nu et les plus maigres, des vestons trop amples avec des manches trop courtes.

En guise de châles, on distribua aux femmes des serviettes et des torchons de cuisine imprimés de *lundi, mardi, mercredi, Bon appétit, Joyeux Noël* ou *Joyeuses Pâques*, mais aussi des chemises de nuit, des robes de chambre, des culottes que les plus menues durent faire tenir avec des épingles à nourrice. Les voir porter nos affaires nous fit une drôle d'impression, parce qu'elles les rendaient un peu comme nous et nous, un peu comme eux.

À la lueur tremblante des bougies, deux humanitaires nous raccompagnèrent jusqu'au seuil de la Ruine en nous remerciant, bien qu'ils fussent encore déconcertés par cette affectation absurde.

Mais nous, les villageois, nous restâmes ensemble, le Pou et son mari Bissente nous invitèrent tous à passer la nuit chez eux, par prudence et pour décider ce qu'il convenait de faire dans cette situation inédite d'un village sinistré à qui l'on confiait la tâche d'accueillir des gens encore plus éprouvés. Nous passâmes la nuit dans la grande salle à manger. Nos cœurs battaient la chamade : nous étions pris au piège. Nous nous préparâmes au siège, prêts à réagir à l'assaut de l'ennemi. Les plus indignés ne fermèrent pas l'œil et restèrent assis la nuit entière, les mains crispées sur les genoux, des rictus hébétés imprimés sur leurs visages.

Pour ceux qui purent dormir, le réveil fut triste, comme toujours quand la réalité vous rattrape, le pire étant de croire les autres encore plongés dans le sommeil, mais dès que nous entendîmes leur respiration prendre un autre rythme, d'une légère poussée, nous leur fîmes comprendre que nous étions nous aussi réveillés et prêts à mettre sur pied un plan de contre-attaque.

Nous décidâmes d'un commun accord de nous adresser à qui de droit pour éclaircir la situation, il devait y avoir eu une erreur, une équivoque sur la destination de ces personnes…

Voilà comment, en cette première matinée toute luisante de gouttes de pluie sous le soleil, nous les femmes – car nos hommes, rien qu'à entendre son nom, sortaient de leurs gonds – nous rendîmes en groupe au village voisin pour demander audience au Maire et lui dire de chasser les envahisseurs. Mais celui-ci refusa de nous recevoir et quand, avant de partir, nous lui criâmes que nos hommes se chargeraient de lui faire payer ça, lui, barricadé dans son bureau, s'égosilla : « Sauvages ! Bandits ! »

Alors nous revînmes au campement. Il fallait qu'ils comprennent, voulions-nous leur dire, que nous ne pouvions rien faire pour eux : ceux qui nous les avaient adressés devaient être mal renseignés, l'installation étant ce qu'elle était, une ruine, que nous n'étions même plus une municipalité et que notre Maire était celui du village d'à côté, une canaille doublée d'un menteur.

À notre arrivée, la Ruine était en effervescence. Tous remballaient leurs balluchons et les rangeaient le long des murs. Ils s'étaient divisés, les femmes dans l'ancienne pièce de travail, qui communiquait avec la cuisine, les hommes dans ce qui était autrefois la salle de réception, réservée aux hôtes de marque.

Nous fûmes frappés de les voir souffrir à ce point du froid – ils se déplaçaient en effet à deux ou à trois sous les couvertures que nous leur avions apportées, monstrueuses créatures à carreaux et à rayures passées qui semblaient se livrer à quelque danse macabre. L'un des humanitaires, celui qui portait une toque en astrakan, les haranguait, leur suggérant de s'inspirer de Robinson Crusoé. Tout ce qu'on leur avait fait miroiter n'existait pas, il n'y avait que cette baraque, en partie dépourvue de toit, sans eau courante ni électricité. Mais ils pouvaient manger les biscuits que leur avait donnés mademoiselle Lina et, contrairement à Robinson, ils avaient au moins la chance de ne pas être seuls.

Notre Dévote, qui ne s'appelait pas ainsi par hasard, proposa de prier Jésus, tandis que Saïda Amal – c'était le nom de la femme arabe qui avait remplacé son hijab trempé par une serviette sur laquelle était écrit *Joyeuses Pâques* – proposa qu'on s'adresse à Allah. L'une des humanitaires déclara appartenir à l'Église évangélique, mais aucun de nous ne savait bien de quoi il s'agissait, sinon que ces évangéliques sont pour ainsi dire des chrétiens. Quoi qu'il en soit, nous priâmes tous ensemble, en espérant que quelque chose d'utile résulte de l'union d'un dieu et de l'autre.

Nous leur tînmes le discours élaboré pendant la nuit : nous n'étions plus une municipalité, et ils pouvaient voir de leurs yeux l'état de désolation du village, il fallait qu'ils partent, leur place n'était pas ici. Saïda Amal nous répondit que notre désarroi était compréhensible, tout comme celui des réfugiés. Son mari Saïd et son neveu Abdulrahman, syriens, en savaient quelque chose. Les humanitaires traduisirent les propos de Saïda de l'anglais, qu'elle parlait bien, du moins selon nous, tandis que Saïd nous regardait tous d'un œil torve.

Ne sachant plus quoi faire ou quoi dire d'autre, nous les saluâmes, emmiellant un instant nos voix rudes et nos visages crispés, mais dans leur dos, nous les abreuvâmes de méchancetés, ces envahisseurs dont nous ne savions que faire. Le pire fut de nous sentir à ce point pris au dépourvu, aussi incapables de venir en aide à cette troupe d'intrus dépenaillés. Mais qui aurait pu s'attendre à une chose pareille ?

Les envahisseurs

Les nuits qui suivirent leur arrivée, nous souffrîmes tous d'insomnie, nous tournant et nous retournant dans nos lits, attendant avec impatience le matin pour aller voir si les envahisseurs avaient battu en retraite. Durant la journée, nous feignions de passer par hasard devant la Ruine, espérant à chaque fois la trouver déserte.

« Quand vont-ils partir ?

– Peut-être demain ?

– *Ne vous mettez donc pas en souci pour demain, car demain aura souci de lui ; à chaque jour suffit sa peine*, disait la Dévote.

– Tu parles comme ça parce que tu as failli te faire nonne », répliquions-nous, agacées.

Les envahisseurs venaient frapper à nos portes, se pouvait-il qu'il n'y ait vraiment personne ? D'habitude, au village, si quelque chose vous manquait, il vous suffisait d'aller le demander à vos voisins. Mais à ceux-là, personne n'ouvrait, jusqu'à ce qu'à force d'entendre cogner, l'un de nous, résigné, se décide à écouter leur requête : seulement des seaux et un réchaud de camping.

Il n'y avait qu'une seule salle de bains dans la Ruine : baignoire et lavabo jaunis et encrassés de calcaire, robinets branlants, vieille carcasse de chauffe-eau, toilettes sans abattant, chasse d'eau à la chaînette rouillée. Naturellement, l'eau avait été coupée depuis des temps immémoriaux, mais pour l'eau potable, les fontaines ne manquent pas alentour, et pour le reste, il y a les puits. La nourriture n'était pas un problème, ils nous dirent qu'ils avaient encore des biscuits de mademoiselle Lina et que plus tard, tranquillement, ils iraient faire des courses au magasin.

En attendant la fin de l'équivoque et leur départ, rassurés par leur désir de propreté et par le fait qu'à leur arrivée en Sardaigne, tous les réfugiés étaient pris en charge et soignés dans les dispensaires STP[1], réservés aux étrangers de passage, nous leur vînmes en aide, quoique de mauvaise grâce. Nous apportâmes donc du savon, des seaux, des bouteilles en plastique, de la vaisselle dépareillée, des chaises bancales, des réchauds de camping, des serviettes de toilette élimées et surtout, des matelas et des couvertures supplémentaires, afin que ces malheureux ne soient plus contraints de se déplacer comme ils l'avaient fait le premier jour, en groupes oscillants sous leurs pauvres pèlerines de laine.

Une splendide créature à la peau veloutée d'un noir bleuté et aux courbes soyeuses nous embrassa pour nous remercier et nous dit s'appeler Naïma. Pour faire sécher leurs loques, elle eut l'idée d'un système ingénieux. Chez elle, au Nigeria, on suspendait le linge le long des routes, et l'on disposait les vêtements les plus lourds comme les pantalons sur les rambardes de sécurité. Elle conçut donc un assemblage de ficelles tendues entre les chaises ce qui, certes, les obligeait à s'asseoir un peu loin les uns des autres, mais qui leur permettait de suspendre leurs invraisemblables nippes.

1. STP pour *Stranieri Temporaneamente Presenti,* destinés aux étrangers sans titres de séjour.

Même si, à notre avis, il était grand temps pour eux de partir, les envahisseurs s'en gardèrent bien, au contraire, ils firent tache d'huile. Nous croisions les humanitaires dans les boutiques, nous entendions les Noires et les Noirs chanter leurs chansons, en se rendant aux fontaines et aux puits dans la proche campagne. Seuls les hommes firent une fois un tour du village, en groupe. Quand ils sortirent, nous fûmes deux ou trois à les suivre, prêtes à se cacher si jamais ils se retournaient, et nous constatâmes avec embarras qu'ils se dirigeaient vers les coins les plus minables, les plus piteux et les plus sales du village et qu'ils rencontraient des personnes qu'ils n'auraient pas dû rencontrer. Un automobiliste leur cria : « Dégagez de la route ! » parce que le groupe occupait le milieu de la chaussée. Les Noirs durent se méprendre, car ils mirent aussitôt un terme à leur expédition et revinrent à la Ruine. Quelques-uns, plus vaillants, retentèrent une sortie en marchant au bord de la route, mais ils rebroussèrent vite chemin et, puisqu'ils ne pouvaient s'enfuir, ils décidèrent de nous fuir.

Ballottés par les vagues au point de frôler la mort, ils avaient vu tant de cadavres, disaient les humanitaires. Qu'ils restent aussi calmes nous stupéfiait. Peut-être connaissaient-ils des secrets que nous ignorions ? Ou alors, n'étaient-ils que des imbéciles inconscients du pétrin dans lequel ils s'étaient fourrés ?

Nous comprîmes après coup qu'ils étaient contents parce qu'ils croyaient que cette affectation était une erreur et que, bientôt, ils iraient là où ils voulaient aller : en Europe, la vraie Europe, qui n'avait rien à voir avec notre petit village perdu, lequel ne méritait certes pas qu'on risque sa peau pour s'y arrêter.

Nous nous gardâmes bien de les inviter chez nous, mais quelques-unes d'entre nous, curieuses et un peu commères, se mirent à leur rendre visite au campement pour leur apporter des bricoles, voir comment ils se débrouillaient et surtout, pour bavarder un peu.

À leur arrivée, la chaleur estivale ne s'était pas tout à fait dissipée, mais au fil des jours, il commença à faire froid. Ils avaient débarrassé la grande cheminée des gravats, y avaient allumé du feu et avaient installé devant les chaises avec le linge à sécher.

Nostalgiques que nous étions de l'époque où, au village, les espaces se vidaient et se remplissaient selon les âges de la vie, la Ruine des envahisseurs nous attirait, et, les jours suivants, nous y faisions un saut sous le moindre prétexte.

Les Autres, tous ceux qui ne voulaient pas entendre parler d'eux, vinrent nous voir, alarmés. Nous rendions-nous compte que ces migrants étaient un obstacle au progrès ? Comprenions-nous, tout de même, que personne ne fait rien pour rien et que derrière tout ça, il y a des délinquants qui nous prennent nos sous, dépensent une misère pour entretenir les soi-disant réfugiés et gardent le reste, qui s'enrichissent puis s'en vont déposer leur magot dans les banques suisses ? Ils s'étaient procuré des informations au sujet des humanitaires, ces bienfaiteurs de l'humanité, et ils se mirent à nous les débiter. Savions-nous que ce joli bénévole aux airs de pédé gérait un sex-shop en ville ? N'était-ce pas incroyable ? Et n'était-ce pas tout aussi étrange que pour sauver le monde, un ingénieur abandonne son cabinet, et qu'un professeur d'université prenne une année sabbatique ?

La jeune femme fraîchement diplômée et le jeune dealer recommandé par un curé excentrique passaient encore, mais les autres ? Pourquoi avaient-ils cessé leurs activités ? Bref, étions-nous conscientes, oui ou non, qu'autour des migrants grenouillent des légions d'escrocs ?

Si nous savions bien que les envahisseurs n'étaient pas venus chez nous entraver un quelconque progrès, sur le coup nous nous demandâmes tout de même si ceux qui refusaient de les approcher n'avaient pas raison. Mais notre cœur nous disait que ces humanitaires, même les plus louches d'entre eux, n'étaient pas du genre à avoir des comptes en Suisse, et nous ne renonçâmes pas à nos expéditions au campement : elles étaient un dérivatif inespéré à nos vies stériles.

En nous voyant passer, les autres villageois qui, méfiants, se gardaient bien de s'impliquer, changeaient de direction et plaignaient nos maris.

Mais ce qui nous chagrinait le plus, c'était qu'à cause des migrants, certaines de nos amies nous évitaient désormais. Nous étions liées comme seules les femmes savent l'être. Les nuits d'été, nous dînions tôt pour sortir nous retrouver les unes et les autres, aussi enthousiastes que des fillettes devant les innombrables lucioles qui brillaient au bord de la route qui menait aux champs, et nous mettions un temps fou à rentrer, tant nous avions de choses à nous raconter dans les détails – c'étaient d'incessants « tu te rappelles ? » car nous avions tout un passé commun –, la vie était moins effrayante quand on était en bonne compagnie. Ensemble, nous avions toujours su discuter de tout, y compris de l'argent que nous avions en poche : « Combien faut-il pour vivre dignement ?

– En comptant tous les frais fixes, huit cents euros suffisent, mais il faut beaucoup économiser sur le reste.

– Tu allonges le bouillon et la sauce.

– L'hiver, au lieu d'allumer la chaudière, tu mets deux ou trois pulls, des chaussettes de laine, une écharpe et des gants.

– Tu fais ta teinture toi-même et pour les crèmes, tu vas à chaque fois dans une parfumerie différente en ville, là où ils ne te connaissent pas, et tu te fais donner des échantillons en disant que tu dois les essayer.

– Tu vas au marché à l'heure où ils remballent et tu achètes tes fruits et tes légumes à prix cassés.

– Pour économiser sur le papier toilette, tu le replies jusqu'à ce qu'il fasse la taille de ton trou du cul, et comme ça, le rouleau dure bien plus longtemps.

– Moi, même quand je fais juste pipi, j'utilise un demi-rouleau de papier toilette à cinq épaisseurs », intervenait le Pou en secouant la tête de gauche à droite, ce qu'elle faisait toujours quand elle nous désapprouvait.

Nous lui riions au nez : « C'est ça ! C'est parce que tu n'as pas l'instinct maternel. Les femmes qui l'ont, même quand elles n'ont pas d'enfants, ne gâchent rien. Elles sont parcimonieuses. »

Les femmes au foyer prétendaient que leur travail méritait un salaire très élevé.

« Combien coûtent une femme de ménage, une cuisinière, une lingère ? Fais le compte.

– Sur quoi tu économises quand tu ne gagnes pas un sou ? Qu'est-ce que tu peux retrancher à rien du tout ? »

Ah, comme ces discussions nous manquaient, maintenant que plusieurs d'entre elles nous blâmaient parce que nous ne voulions pas renvoyer les envahisseurs de force !

Mais certains des envahisseurs aussi, une fois qu'ils eurent compris que c'était bien dans ce village sarde oublié de Dieu et des hommes, ravitaillé par les corbeaux, qu'on les avait envoyés, ne voulurent plus rien avoir à faire avec nous, déçus d'avoir risqué leur peau pour échouer ici. Non, leur place n'était pas ici.

Ils avaient entendu dire que l'un de nos traits distinctifs, à nous Européens, était le goût du shopping, et qu'ici les vitrines scintillaient de partout. Où étaient donc toutes ces boutiques ? Il n'y avait rien chez nous de ce à quoi ils s'attendaient. Nous n'en valions pas la peine.

Mais notre village n'était-il pas préférable, nous demandions-nous, aux leurs, accablés d'horreurs, qu'ils avaient fuis ? S'il est bien vrai que nous les humains nous avons des couleurs différentes, nous restons constitués des mêmes éléments. La mort est notre horizon et nous nous désespérons, mais une fois à l'abri du danger, nous nous plaignons *po is pillonadas*, pour des bêtises, pensions-nous.

Ils n'avaient pas trouvé l'Europe promise. Mais à qui la faute ? Qui leur avait demandé d'y venir ?

De par son âge et son autorité, l'Ingénieur était le responsable des humanitaires. Il fit montre de grandes qualités d'organisateur, il croyait en sa mission, exigeant ordre et discipline, et ne voulait pas de récriminations. Ceux qui se lamentaient représentaient une charge supplémentaire qu'ils ne pouvaient pas se permettre.

Il aurait volontiers jeté le chien dehors, une bouche de plus à nourrir, mais il n'y eut pas moyen de le faire partir : il était toujours dans leurs pattes.

Nous apprîmes bientôt que l'homme à la toque de cosaque était le professeur de mathématiques sous la direction duquel la jeune fille au regard éperdu, qui s'appelait Lorena, avait passé sa maîtrise. Nous comprîmes aussitôt qu'elle en était amoureuse. Elle ne le quittait pas des yeux et le suivait comme son ombre… Toute mince, avec ses cheveux, ses iris, ses cils et ses sourcils d'un jaune pâle, elle avait l'aspect d'une créature lunaire. Elle marchait en traînant les pieds, le nez toujours baissé, mais quand le Professeur daignait lui adresser la parole, elle s'illuminait tout entière et semblait soudain pleine d'énergie. Elle nous expliqua que ses tatouages étaient l'œuvre de son ex-petit ami, qu'elle avait quitté à cause du sentiment de vacuité qui l'envahissait quand elle était à ses côtés. Avec le Professeur, en revanche, tout prenait sens et enfin elle ressentait la vie en profondeur. Elle n'était pas la seule de ses élèves à éprouver un tel sentiment. Le Professeur n'y pouvait rien si elles s'éprenaient toutes de lui, et elles n'y pouvaient rien non plus si, comparés à lui, leurs fiancés leur apparaissaient si falots.

Une autre des humanitaires, que nous baptisâmes Tantine, ne cessait de parler au téléphone à son neveu : « Mon trésor à sa tante, criait-elle, je ne peux pas rentrer te voir chez mamie, je travaille dans un village au bout du monde, mais puisque tu as compris la différence entre Hector et Achille, tu peux te faire interroger sans problème par ta prof de grec demain. Elle vous a vraiment dit qu'Achille aimait Patrocle d'un amour homosexuel ? Bah ! Ils avaient été élevés ensemble, c'est ça qui explique le sacrifice de Patrocle. Et elle en fait quoi, ta prof, alors, de Briséis et de la colère d'Achille quand Agamemnon la lui enlève ? »

« Briséis, ça ne prouve rien, lâcha le jeune humanitaire du sex-shop urbain quand Tantine eut raccroché. Il y en a combien qui se marient, qui font des gosses, et puis découvrent qu'ils sont gays ?

– Bah ! Mon neveu a parfois des devoirs trop difficiles, alors où que je sois, on les fait ensemble, au téléphone. Quand je ne suis pas là, il est avec ma mère, qui a presque tout oublié de l'école. Moi, je ne voulais pas d'enfant, soupirait Tantine, mais il a bien fallu que je m'occupe du fils de mon unique sœur, non ? Elle était mariée à un Cubain qui est rentré au pays quand elle est morte, en nous laissant le petit, à ma mère et à moi.

– Tu as raison, mieux vaut ne pas avoir d'enfant, intervint Robin, le jeune à la bouche de travers, des fois qu'il t'en naisse un tout moche et bancal, après, tu dois en faire un autre pour te consoler, et s'il est bancroche lui aussi, un troisième, et on n'en finit jamais. Pour vous, c'est différent, on vous a refilé celui-ci et vous avez dû le garder. »

Robin était majeur et venait de terminer le lycée. Le curé qui l'avait fait entrer dans le groupe l'avait présenté aux humanitaires comme un bon garçon, intelligent, malgré ses problèmes. Il avait vendu de la drogue sans pour autant en consommer. Il essayait de quitter ce milieu et pour cette raison se faisait régulièrement passer à tabac. Un type étrange, décidément, car l'univers des délinquants ne l'excitait pas, il aspirait à autre chose : l'argent gagné grâce au deal, il finissait par le distribuer à plus mal loti que lui.

En dépit de sa bouche déformée, il plaisait aux femmes. Mais il avait eu un gros béguin pour une jeune fille si convenable que dans le quartier on l'appelait *sa monza*, la nonne. Les gamines modernes avec leur ventre à l'air, leur piercing au nombril et leurs minijupes, ne l'attiraient pas, il leur préférait celles qui boutonnaient leur chemisette jusqu'au col, toujours avec un livre sous le bras et de bonnes notes à l'école, comme *sa monza*. Mais celle-ci ne voulait pas de lui parce qu'il dealait et qu'elle ne le croyait pas capable de quitter ce milieu, ou peut-être, parce qu'il avait la bouche de travers.

D'après ce jeune curé, un certain Père Efix, le problème de ces délinquants qui aspirent à autre chose, c'est qu'ils ne trouvent personne qui soit disposé à les croire vraiment, et qu'ils finissent par ne plus croire eux-mêmes à leur possibilité de changer. Il y croyait, lui, il n'était pas devenu prêtre pour rien. Il fallait éloigner ce garçon de ce milieu et surtout, de son amour impossible pour *sa monza*, le mettre en contact avec la vraie souffrance et lui donner l'occasion de se sentir utile et en confiance. Quelle meilleure occasion que de lui permettre de venir en aide à ces pauvres malheureux de migrants ?

Les humanitaires ne savaient de ce garçon que ce que le curé leur avait dit, et ils ne voulaient rien savoir d'autre. Il apportait une aide efficace et cela leur suffisait. Ils l'avaient ironiquement surnommé Robin, puisque le Père Efix le leur avait présenté comme un Robin des Bois contemporain, un délinquant au grand cœur.

Sa passion pour les livres était une évidence : dès qu'il avait fini son travail et qu'il s'asseyait quelque part, il en avait toujours un ouvert sur les genoux et, à la Ruine, on disait que son paquetage consistait en un sac presque uniquement rempli d'ouvrages. Il portait encore des lunettes d'enfant, ne s'étant pas inquiété d'en acheter une paire neuve, même avec l'argent de la drogue. Ses cheveux étaient coupés à ras, sauf une houppe qui se dressait toute droite sur son crâne et lui retombait sur les yeux lorsqu'il s'agitait. C'était un grand travailleur, et sans cesse l'on entendait « Hé, Robin, donne-moi un coup de main ! » par-ci, « Robin, donne-moi un coup de main ! » par-là.

Quand il nous accorda sa confiance, il nous raconta qu'il était habitué à travailler dur. Il voulait éviter d'énerver sa mère, toujours fatiguée. Quand elle était enceinte de son frère, Robin avait entendu son beau-père lui conseiller d'éloigner son aîné de la maison. Ce qui s'était passé avec son premier fils ne devait pas se reproduire avec le second.

« Qu'est-ce qui s'était passé ?

– Mon visage est comme ça parce que ma mère a trop travaillé quand elle m'attendait. Alors, jusqu'à la naissance de mon petit frère, ils m'ont envoyé chez une tante célibataire. J'ai supplié ma mère de me garder à la maison, j'étais prêt à faire toutes les corvées pour qu'elle n'ait pas à se pencher avec son gros ventre, parce que c'est sans doute à cause de ça que je suis né avec la bouche de travers.

– Et ta tante ?

– Elle me dégoûtait, elle faisait du bruit en mangeant sa soupe.

– Et ensuite, tu es rentré chez toi ?

– Oui, après la naissance de mon petit frère, un beau bébé en parfaite santé. Ma chambre était occupée : berceau, table à langer, siège haut, jouets, hochets. À la place de mon lit, il y en avait un escamotable, derrière la porte, avec mes livres d'école dessus. On dormait ensemble, mon petit frère et moi. Quand il pleurait la nuit, je lui chantais une berceuse, mais il est chafouin, ce petit : souriant avec tout le monde, sauf avec moi, et maintenant qu'il a grandi, il fait exprès de hurler pour que ma mère et mon beau-père croient que je lui fais du mal.

– Il te maltraite, ton beau-père ?

– Pas exactement. Mais quand on est à table, si je fais un truc qui lui déplaît, il me coince contre le mur.

– Si vous n'êtes que trois à table, pourquoi dois-tu t'asseoir du côté du mur ?

– La cuisine est étroite. Mais vous êtes bien curieuses : vous en posez, des questions ! »

Femmes et maris

Espérant les émouvoir, nous parlions de Robin à nos maris.

« C'est un voyou.

– C'est parce que personne ne l'a aimé, protestions-nous.

– Toujours la même histoire ! C'est justement parce que les voyous sont des voyous que personne ne les aime. Vous voulez le sauver ? Laissez plutôt faire le curé et les humanitaires.

– Robin aussi est un humanitaire, disions-nous pour le défendre.

– Évidemment ! Pour échapper à la prison. »

Et pourtant, Robin nous semblait différent des autres. Les voyous non plus ne sont pas tous pareils.

Nos maris nous écoutaient, en laissant échapper quelques ricanements, mais ils se sentaient trompés et trahis, puisqu'au début, nous pensions comme eux qu'il fallait renvoyer ces personnes et que nous les avions soutenus, alors qu'à présent notre conviction vacillait. Le mot d'ordre « tous unis » tenait toujours, mais maintenant, pour nous les femmes, il incluait aussi les envahisseurs, nous disaient nos maris, dépités.

Nous tentions de les convaincre qu'au fond ils étaient plutôt intéressants et qu'il ne fallait pas laisser passer l'occasion de faire leur connaissance.

« Vos chers Noirs…, nous raillaient-ils, contrariés. De vraies girouettes, vous n'êtes pas fiables. »

Nous étions blessées. Pas fiables, nous ? Vous devez savoir que dès notre enfance, nous avions abattu une tâche considérable pour ne pas être un poids pour nos parents. Sachez encore qu'après notre mariage, faisant fi de toutes nos ambitions, nous avions nous aussi travaillé aux champs pour aider nos maris, presque tous petits propriétaires terriens.

Nous savions tout faire dans une maison : cuisiner, coudre, entretenir et astiquer les meubles, les sols et la robinetterie, laver et repasser aussi bien que des professionnelles. En somme, nous étions solidaires depuis toujours et nous donnions raison à nos maris même quand ils avaient tort. Par exemple, nous n'avions pas approuvé la culture des artichauts et de la biomasse, qui s'était d'ailleurs révélée un échec. Pourtant, nous ne le leur reprochions pas, et nous nous efforcions de rester joyeuses et pleines d'allant, y compris lorsqu'ils rentraient soûls du bar – ils étaient tristes de voir leurs attentes déçues et nous les comprenions. Si vous nous aviez posé la question, nous vous aurions dit que ces problèmes n'avaient en rien gâché nos mariages, parce que maris et femmes doivent se soutenir pour le meilleur comme pour le pire.

Mais à présent, depuis l'arrivée des migrants, plus une conversation entre maris et femmes n'avait lieu sans dispute. Les hommes haussaient le ton, tapaient du poing sur la table, la tête rentrée dans les épaules comme des taureaux, puis ils finissaient par donner des coups de pied dans les chaises. C'était au début, quand ils croyaient encore pouvoir nous convaincre de lutter pour chasser les envahisseurs, avant qu'ils décident que nous étions une cause perdue et que mieux valait nous ignorer.

Vous auriez dû voir, en revanche, comme ils étaient aimables avec les Autres, même avec ceux qui jusqu'ici leur couraient franchement sur le haricot, ceux avec lesquels survenaient les plus violentes prises de bec, en particulier sur le sujet des riches et des pauvres, ou sur le fait que nous, les Sardes, nous sommes incapables de rébellion et qu'à cause de notre stupidité et de nos rivalités mesquines, l'île est toujours aux mains des spéculateurs étrangers ; que quand un Sarde a une idée, elle est à jeter aux orties tandis que la dernière foutaise venue d'ailleurs est forcément un projet génial. Désormais, ces sujets-là n'étaient plus source de litiges : à présent, qui voulait refouler les envahisseurs était un ami.

Nous n'étions plus pour nos maris qu'un fardeau, et quand nous les approchions pour les embrasser par surprise, ils nous écartaient d'un revers de main, comme ils l'auraient fait d'une mouche. Mais surtout, ils n'avaient plus confiance en nous.

Le Professeur, auquel nous avions raconté tout cela, nous consolait en les traitant de fanatiques, persuadés que la raison n'était que de leur côté. Un fanatisme resté jusque-là silencieux, puisque jamais notre génération d'Européens n'avait eu à affronter un vrai conflit impliquant la nécessité de comprendre les motivations d'autrui et de parvenir à un compromis. Le mariage, du reste, est la situation dans laquelle on doit s'exercer le plus au compromis, en quoi nos maris, sauf leur respect, échouaient lamentablement.

Et nous ? Étions-nous des fanatiques du camp adverse ? Non, car nous ne prétendions pas avoir raison, nous ne nous rangions pas du côté des migrants contre quelque chose ou contre quelqu'un, nous n'avions même aucune idée précise à leur endroit, nous nous bornions à leur donner un coup de main, parce que c'était le moment de le faire et que nous nous sentions utiles en le faisant.

Nous ne pouvions pas non plus compter sur la solidarité de nos propres mères, dans cette affaire. Elles regrettaient de ne pas nous avoir assez battues quand nous étions petites. À elles, qui avaient été fouettées à coup de *zirogna*[1], jamais il ne serait venu à l'esprit de s'opposer à leurs maris à cause d'étrangers *mai bida e mai connotta*, qu'elles ne connaissaient ni d'Ève ni d'Adam et qui ne représentaient rien pour elles.

Et ne parlons pas de nos belles-mères.

Hélas, nous n'avions aucun argument pour convaincre quiconque de se ranger à nos côtés, au village, personne n'était vraiment informé des faits, nous étions ignorantes et seul l'instinct nous guidait. Rien n'était organisé avec un minimum de bon sens.

Désormais, coupables de faire cause commune avec les envahisseurs, rejetées par nos amis, par nos maris, par nos mères et par nos belles-mères, nous ne pouvions plus bavarder qu'avec l'ennemi. Et c'est en compagnie de l'ennemi que souvent, nous allions nous promener dans les environs du village. Il nous semblait n'y avoir rien qui vaille vraiment la peine d'être montré, rien que de la broussaille et des moutons. Mais les humanitaires, citadins pour la plupart, et quelques-uns des migrants, s'enthousiasmèrent. Et grâce à eux, nous qui en avions par-dessus la tête des moutons sardes, nous commençâmes à les voir d'un autre œil. Nous découvrîmes que nos moutons étaient magnifiques et que chaque troupeau composait un tableau différent. Certains étaient blancs sur le fond gris des pierriers, en route pour le pâturage, d'autres, des taches dorées à flanc de colline. L'un d'eux, solitaire, à l'écart de ses compagnons, nous observait. De loin, vous pouviez confondre certains troupeaux avec les floraisons printanières. Des brebis formaient une couronne autour de leur berger, qui

1. *Zirogna :* nerf de bœuf.

procédait à la traite vespérale, d'autres, en chemin, traçaient des géométries le long des chemins de terre.

Nous aurions aimé parler de ces belles promenades mais, craignant le pire, nous ne dîmes plus rien des envahisseurs sinon entre nous. Sardes campidanaises d'heureuse et pipelette nature, nous ne nous ennuyions jamais car, partant de ce rien que nous offrait le village, nous nous faisions tout un cinéma, fabriquant des mélodrames ou bien des comédies avec des faits minuscules et insignifiants: ne rien pouvoir raconter était donc pour nous une pénible nouveauté. Pour nous rendre à la Ruine sans nous montrer, nous empruntions des ruelles de traverse en sortant de chez nous et, quand nous étions sûres d'avoir brouillé nos pistes, aussi prudentes que des criminels en cavale, nous filions dans la bonne rue avant de nous faufiler à l'intérieur.

Au campement aussi, les discussions entre humanitaires du sexe mâle étaient à l'ordre du jour. Dieu, les guerres, les migrants, les riches et les pauvres dans le monde constituaient des sujets d'importance, susceptibles de déchaîner les passions, mais entre les plus dominants d'entre eux, les prises de bec pouvaient aussi bien éclater pour des broutilles. Il suffisait que l'un dise: « Mais qu'est-ce qui vous est passé par la tête pour faire une chose pareille ? » pour que l'autre réponde: « Et vous, vous êtes qui pour juger de ce qui doit me passer par la tête ? »

Entre femmes, nous nous moquions des hommes dans leur dos, en imitant leur grosse voix *« MAIS QU'EST-CE qui vous est passé par la tête pour faire une chose PAREILLE ? »*

« Et VOUS, vous êtes QUI pour juger de ce qui doit me passer par la tête ? »

L'Ingénieur avait toujours l'air de vous faire une immense faveur quand il daignait vous adresser quelques mots.

D'ailleurs, il était invraisemblable qu'un type de ce genre – qui considérait qu'une bonne part de l'humanité était composée de crétins – s'engage dans l'aide humanitaire, même de loin ! Il exigeait que toute conversation procède selon une stricte alternance de tours de parole, l'un prenait la parole, un autre lui répondait, mais si d'aventure cet autre laissait échapper un « mais non ! » ou un « absolument ! » quand ça n'était pas son tour, alors il se taisait. Et si l'interrupteur le priait de reprendre, il lui rétorquait, vexé, que de toute évidence son propos n'avait pas l'air de beaucoup l'intéresser.

Aux cours de leurs querelles, le Professeur réagissait et l'Ingénieur lui ordonnait : « Ne m'interrompez pas !

– Cessez de m'interrompre quand je vous interromps ! »

Le Professeur avait de ces répliques géniales. « Ce n'est pas de moi, mais de Winston Churchill », nous confia-t-il cependant, à la fin d'une de ces discussions.

Une fois, il se planta devant l'Ingénieur et, sur un ton accusateur et méprisant, lui déclara : « Vous êtes un libéral anglais du XVIIIe siècle, un illuministe qui croit pouvoir tout ramener à la raison et prétend éliminer la passion de tout, même des discours. Dans une conversation, on n'attend pas son tour : on intervient quand c'est le bon moment.

– Je crois que je ne vous adresserai plus jamais la parole. »

Seulement pendant un jour ou deux. Car le bon côté de cette drôle de période, c'est que personne ne campa bien longtemps sur ses positions hostiles. L'Ingénieur et le Professeur continuèrent donc à se parler, l'un respectant son tour, l'autre lui coupant la parole.

Sire Gilles de Norfolk

Nous dorlotions Tessy, la Noire au ventre rond, et la comblions des attentions et des privilèges que notre village, heureux des naissances par principe, avait toujours réservés aux femmes gravides. Nous n'apprîmes que bien plus tard ce qui était arrivé à cette pauvre malheureuse, un sort qu'elle partageait avec tant d'autres pauvres malheureuses.

En moins d'un mois, Tessy apprit à s'exprimer dans notre langue, et elle comprit notre univers tout aussi rapidement. Comme nous nous efforcions de lui éviter tout effort qui aurait pu nuire à son état, elle nous plaignait d'être aussi éloignées de la terrible réalité qu'elle avait vécue et parce que nous ne nous rendions pas compte qu'il aurait mieux valu pour elle qu'elle le perde, ce bébé. Elle avait d'ailleurs essayé : au dispensaire pour Étrangers Temporairement Présents, elle avait demandé à avorter ; puis elle s'était ravisée, un enfant, c'est toujours un enfant.

Par instinct, le chien, que nous avions appelé Gilles, restait auprès du plus fragile. Il se tenait donc roide comme un piquet au pied de Tessy, prêt à la servir, tel le majordome d'une famille d'aristocrates.

Ramassé errant dans la rue, un œil en sang, et charitablement recueilli par les envahisseurs, Gilles devait avoir eu une histoire épouvantable. À voir ses cicatrices, il était clair qu'il avait été battu, roué de coups puis abandonné par les humains. C'était un bâtard, mais quelqu'un qui s'y connaissait affirma que l'un de ses ancêtres était de race, un Norfolk Terrier. Personne ne le crut, on n'abandonne pas un chien de race.

De nature confiante, plein d'espoir dans la capacité du monde à se révéler accueillant malgré tout, il s'était fait soigner et choyer, et maintenant qu'il allait bien, œil aveugle mis à part, il rendait la pareille en protégeant plus faible que lui. Vous auriez dû voir comment il faisait face à l'indifférence des grincheux noirs. Quand l'un d'eux s'asseyait, il venait lui poser les pattes avant sur les cuisses, rien qu'un instant : s'il ne recevait pas aussitôt une caresse, il filait en trottant. Et vous auriez dû voir comme il était bien dressé, jamais il ne se serait permis de faire ses besoins à l'intérieur, de voler la nourriture d'autrui ou d'aboyer sans raison.

« Sire Gilles de Norfolk », nous moquions-nous, mais nous l'aimions bien et nous le respections, ah ça, il fallait voir comme !

Si vous aviez connu Gilles, vous l'auriez adoré vous aussi.

Au village, nous avions tous un fort désir d'enfants, or au campement, il y en avait un, dommage que ce fût celui-ci. Il avait pour prénom Mahmoud, Mahomet, comme le Prophète. Quand nous arrivions, il ne nous accordait pas un « ciao », il courait se cacher dans un coin et poussait un hurlement si nous lui disions : « Viens donc, n'aie pas peur ! »

Gilles savait toujours quand le hurlement terrifiant et terrifié de Mahmoud allait retentir et il tentait de parer l'attaque, pour nous éviter l'humiliation. Il se dressait sur ses pattes arrière devant l'enfant et lançait quelques *ouaf* bonasses mais sans appel, pour nous empêcher de l'approcher.

Mahmoud était l'enfant le plus antipathique du monde et nous n'arrivions pas à savoir s'il se comportait ainsi par crainte ou par mépris. Personne ne le supportait sauf Gilles, justement, toujours chaleureux avec les êtres à part, et Robin, qui disait : « Au moins, il n'est pas chafouin comme mon petit frère, et il me montre un peu d'intérêt. »

Robin, clown et jongleur né, faisait voltiger les citrons sans jamais les faire choir, il savait expulser de sa bouche de parfaits ronds de fumée, se tenir en équilibre sur deux dossiers de chaise et faire des galipettes sur la table. Mahmoud rivait des yeux extasiés sur cette étrange créature de cirque, tandis que Saïd Amal répétait : « Qui a osé prénommer Mahomet un individu pareil ?

– Ce n'est qu'un enfant, le défendait sa mère. Le voyage a changé mon fils, le pauvre, avant, il était joyeux, toujours entouré de camarades et ravi de jouer avec eux. »

Terrorisée, elle lui faisait « *chut! chut!* » même quand Mahmoud se bornait à nous fixer d'un œil torve sans proférer un son.

« C'est parce qu'il est fils unique, qu'il est comme ça », concluions-nous. Mais les humanitaires nous apprirent qu'il avait en fait deux petits frères, restés au pays avec leurs grands-parents.

Il avait beau être antipathique et ne pas mériter le nom du Prophète, pour un enfant de cet âge, Mahmoud avait des façons singulières. Il était, entre autres, ordonné à l'extrême. Il exigeait pour son pantalon riquiqui et son minuscule gilet l'usage exclusif d'une des ficelles que Naïma avait tendues d'une chaise à l'autre pour qu'on y suspende le linge. L'unique présent qu'il accepta de nous était un petit pyjama rouge. Et gare si l'on prétendait y toucher ! Après l'avoir ôté le matin, il le pliait avec soin et le posait sur sa chaise personnelle comme si c'était une pièce de musée. Sa mère n'arrivait pas à le lui laver – quand elle s'y était risquée, elle avait dû lutter âprement pour que son fils ne l'enfile pas mouillé. Alors, nous lui en offrîmes un autre. Mahmoud n'en voulut pas parce qu'il n'était pas tout à fait identique au premier, et il nous fit tourner en bourriques jusqu'au jour où, après quelques recherches à Cagliari et à Oristano, nous trouvâmes sa réplique exacte.

Mahmoud n'était hélas pas le seul à nous rejeter. Parmi ceux que nous appelions génériquement « les Noirs », beaucoup en avaient après notre village, parce qu'il ne faisait pas partie de l'Europe, la vraie, et que nous étions pauvres.

Certes, nous étions pauvres, mais à présent, une humanité plus pauvre encore s'était infiltrée dans nos existences.

« Finis ton assiette ! » avions-nous coutume de dire à nos enfants, « pense à ceux qui ont faim, pense aux pays en guerre ».

Cela nous faisait un drôle d'effet de les avoir ici, désormais, au campement, les affamés et les réfugiés fuyant la guerre : ils nous coupaient l'appétit.

Tantine poursuivait l'étude téléphonique de l'*Iliade* et chaque jour, une nouvelle question se posait à son neveu. Qui s'était déjà penché sur le fait qu'à Troie tout avait été détruit, y compris les vieux, les femmes et les enfants qui n'étaient en rien responsables de la guerre ? Entre Grecs et Troyens, la haine était allée crescendo et tous avaient fini par en oublier les raisons, assez stupides, du reste – une infidèle, un voyou et un cocu. Les Troyens perdent, mais les Achéens gagnent-ils vraiment ? Ménélas obtient-il vraiment réparation pour les cornes qu'on lui a fait porter ?

Quelle sottise de croire que des choses de ce genre, éloignées dans l'espace et dans le temps, ne nous concernent pas. Certes, nous n'étions pas préparés à voir d'aussi près des rescapés fuyant les Ilions en flammes d'aujourd'hui, mais comment être prêts à cela ? Nous n'étions pas méchants, mais les forces nous manquaient.

Quoi qu'il en soit, nous accourions volontiers à la Ruine, qui ne nous semblait plus si laide. En filtrant la lumière, les tuiles brisées du toit créaient un clair-obscur semblable à celui des tableaux flamands que nous avions vus dans nos livres d'école ; à travers leurs trous, voilés de pans d'étoffe fine que le vent remuait, on voyait trembler les étoiles du ciel qui apparaissait, comme dans un planétarium, dans toute sa perfection et sa mystérieuse harmonie.

Mais peut-être avions-nous vraiment perdu la tête, et que les Autres avaient raison de ricaner en nous considérant avec cette pitié que suscitent les ivrognes et tous ceux auxquels il manque une case ?

Le sens pratique ne fait défaut à aucune de nous, nous sommes dégourdies. Nous remplîmes les papiers nécessaires pour faire rétablir l'eau et l'électricité, en nous engageant à nous cotiser pour payer les factures. En puisant dans notre caisse noire, nous achetâmes une cuisinière à gaz pour la Ruine.

« Ils ne vont plus vous lâcher », nous dirent les Autres, du moins ceux qui nous adressaient encore la parole.

Nous, nous sentir bonnes nous faisait du bien, même si la vraie bonté est une toute autre affaire. Nous avions simplement eu la chance du bon larron crucifié à côté de Jésus, un individu de petite vertu auquel fut offerte une occasion inespérée de changer.

Oublier le fardeau de la vieillesse, qui nous accablait depuis trop longtemps, était un autre soulagement. Plusieurs d'entre nous avaient souffert du cancer, et nous ne parlions plus que de cela. Désormais, engagées dans le soutien aux envahisseurs, nous n'avions plus guère le temps de ressasser nos maladies.

Et surtout, nous avions l'impression de former une famille et nous adorions cela. Personne n'en avait plus de véritable, comme autrefois, et il nous semblait qu'au fond, en cherchant bien, cette bouillabaisse de races et de religions, pour citer les Autres, ressemblait bel et bien à une famille, aussi rafistolée fût-elle.

Au moins pouvions-nous nous occuper de quelqu'un.

Le petit Mahmoud

En dépit de notre grandissante gentillesse, Mahmoud persistait à se méfier de nous et à nous tenir à l'écart. Il jouait des heures et des heures avec deux ou trois bricoles et ignorait les jouets que nous lui offrions. Songeur, il soliloquait, le regard perdu dans le vide, comme s'il se racontait des histoires, et il mangeait dans son coin. Bref, il était en guerre et n'aspirait pas à la paix.

À nos substantiels plats sardes, il s'obstinait à préférer l'eau de pommes et les biscuits que Lina lui faisait porter et dont il était friand. Quand nous lui tendions une tartine de *civraxiu* et de fromage, il hurlait, désespéré, dans notre langue, qu'il apprenait à une vitesse stupéfiante. Nous mettions alors un morceau de fromage sur un biscuit, mais il criait : « Propre ! Propre ! »

Mahmoud voulait nous montrer qu'il n'appréciait rien de notre monde, pas plus la nourriture et les jouets que notre compagnie et nos cajoleries.

Nous ne l'appréciions pas davantage. En revanche, Gilles restait auprès de lui, montant la garde devant les biscuits « propres » que Lorena lui apportait de la part de mademoiselle Lina et que Mahmoud mangeait avec plaisir.

Nous soupçonnâmes bientôt que les provisions de biscuits et d'eau de pommes étaient les seules choses comestibles dont disposaient ces Dames, et que les délices provenant des lieux les plus réputés de la Sardaigne dont elles se régalaient n'étaient que le fruit de notre imagination fertile. Quand nous les rencontrions, nous nous gaussions d'elles : « Qu'avez-vous bu aujourd'hui, donna Ruth, du turriga[1] ?

– Pensez-vous ! Rien que de l'eau de pommes !

– Et qu'avez-vous mangé, de la poutargue de mulet ?

– Mais non, voyons, trois biscuits avec une larme de compote de prunes ! »

L'étudiante Lorena, qui avait sympathisé avec Lina et passait souvent la voir, confirma nos soupçons et nous confia que le frigo de ces Dames la navrait au point qu'elle en aurait pleuré.

« Parce qu'il est vide ?

– Oui, mais ce serait pareil s'il était plein à craquer. Au fond, c'est la nourriture elle-même qui m'attriste, notre acharnement à manger pour vivre, en dépit de tout. Regardez les réfugiés, pourquoi s'obstinent-ils à venir chez nous, que croient-ils y trouver ? Qu'ont-ils gagné à venir s'échouer ici ?

– Nous avons l'instinct de survie chevillé au corps, nous les humains.

– J'en suis dépourvue, pour ma part. Ma seule consolation, c'est de penser au Professeur qui pleurera sur mon cadavre, quand il comprendra enfin qu'il m'aimait, mais qu'il sera trop tard.

– Ne sois pas si mélodramatique, ma fille… tu ne serais pas plus heureuse avec ton tatoueur ?

– Oh, comment pourrais-je rester avec un homme pour qui les choses sont seulement ce qu'elles sont et rien de plus ? Quand je l'ai quitté, il m'a demandé : "Pourquoi ?" Il y avait un arbre tout proche, alors je lui ai répondu ce qui me passait

1. Turriga : grand vin sarde.

par l'esprit : “Tu vois, pour toi, cet arbre n'est rien d'autre qu'un arbre. Tu ne comprendras jamais ce que moi je vois en lui.” Et lui : “Donc tu me quittes à cause d'un arbre ?” »

Nous connaissions par cœur de nombreuses recettes et nous pouvions les réciter de mémoire, mais les nôtres étaient bien moins fascinantes que les leurs. Nous étions, comme nous vous l'avons expliqué, *antigori' e nannai*, fidèles au temps jadis de nos grands-mères, de celles qui, le matin, prennent leur café au lait avec une tranche de *civraxiu* grillée et, le soir, se réjouissent d'une bonne soupe de *gintilla*, de lentilles. Notre cuisine traditionnelle était en tout cas plutôt simple, mais faute d'épices, leurs mets exotiques restaient presque impossibles à réussir ; jusqu'à ce que Saïd Amal, grâce à la cuisinière à gaz que nous lui avions offerte pour remplacer les petits réchauds de camping, accomplisse un miracle. Pommes de terre, oignons, ail, riz et pommes, mêlés en pâte pour d'insolites falafels, embaumèrent de leur fumet la désolation et l'abandon de ce lieu décati. Comme dans les contes, tout reprit vie et couleur : la grande table de bois, les *scranni* à l'assise de paille défoncée, l'ancien luminaire à poulie qui pendait du plafond, le plan de travail, l'énorme et sombre hotte en fer, les casseroles et les louches oxydées accrochées au-dessus de l'antique cuisinière à charbon avec ses grands tiroirs, et tous ces objets mystérieux du passé, comme ces tuyaux qui ceinturaient la pièce et dont plus personne ne savait à quoi ils servaient, ou les grandes jarres en terre cuite, qui avaient dû contenir des olives, et les bidons en aluminium, munis d'une poignée et d'un couvercle, dans lesquels on avait sans doute transporté du lait. Tout cela prenait, au gré des heures, des reflets lilas, ocre jaune ou saphir et, avec un enthousiasme de gamines, nous disions : « Allez, faisons un saut à la Ruine pour voir de quelle couleur est la cuisine, maintenant !

– Vous avez remarqué qu'à tout moment de la journée, la table reste jaune soleil ? Ce rayon de lumière, c'est Dieu qui l'envoie, pontifiait la Dévote, parce que sur cette table advient une vraie rencontre fraternelle, dans l'accueil de l'Autre. Exactement comme quand trois étrangers, qui sont en réalité trois anges, arrivent chez Abraham et Sarah : *Abraham se hâta vers la tente auprès de Sarah et dit : prends vite trois séas de fleur de farine, pétris et fais des galettes.* »

Le four à pain reprit du service. Quand nos mères avaient prétendu nous révéler les secrets, transmis depuis des lustres de génération en génération, de la préparation du pain, nous n'avions rien voulu savoir de cette idée extravagante. Pourtant, notre village n'est pas entouré que d'artichauts et de biomasse, nous avons encore des champs de blé.

Mais maintenant, c'était différent. Nous pressâmes nos mères de nous instruire et, en suivant leurs indications à la lettre, nous parvînmes à cuire toutes sortes de pains – *civraxiu, coccoi, carasau, modditzosu* – qui étaient plutôt réussis. Nous apportions le pain et les envahisseurs nous préparaient de petits paquets de mets exotiques à emporter.

« N'oubliez pas vos *doggy bags*, nous rappelait l'Ingénieur.

– Pardon ?

– Les Anglo-Saxons ont coutume de remporter chez eux les restes de leurs repas au restaurant, en prétendant qu'ils les donneront à leur chien. »

Les *doggy bags* étaient les mêmes pour toutes, mais certaines d'entre nous ne se donnaient pas la peine de faire du pain et contribuaient fort peu à l'apport d'ingrédients. Sur le chemin du retour, nous les critiquions dans leur dos : « Regardez celle-là qui arrive avec cent grammes de pois chiches et repart avec assez de falafels pour nourrir un régiment et du *modditzosu* pour toute une semaine. »

En vérité, ces profiteuses étaient sans vergogne, et elles nous inspiraient une telle antipathie que nous les aurions volontiers cognées contre un mur, mais de l'avis des plus sages d'entre nous, se faire la guerre pour cent grammes de pois chiches ou une miche de pain, c'était se gâcher la journée, et même la vie, pour des bêtises.

« Qu'elles viennent sans rien et prennent beaucoup, prêchait la Dévote. *Que ta main gauche ignore ce que fait ta main droite.*

– Toujours aussi grenouille de bénitier. »

Nous savions bien, en notre for intérieur, que sa foi lui permettait de s'élever au-dessus de nos misérables rancœurs, mais nous ne pouvions nous empêcher de la tourner en ridicule.

« Tu comptes te faire béatifier ?

– Bientôt, tu vas nous dire d'aller demander pardon à ces parasites pour nos mauvaises pensées à leur égard.

– C'est à vous-mêmes que vous devriez demander pardon », répondait la Dévote.

Parfois, nous restions manger avec les envahisseurs et nous remarquions qu'eux aussi se surveillaient mutuellement pour voir qui se servait plus que les autres, en somme, aucun de nous n'était sur la voie de la sainteté.

Seuls l'humanitaire du sex-shop et Abdulrahman se disaient l'un à l'autre : « Je vois que ces beignets te plaisent, prends-en donc un peu de mon assiette. »

Bien qu'il fût grandement félicité pour ses chefs-d'œuvre culinaires, Saïd Amal restait de mauvaise humeur et le sens de ses diatribes, en arabe puis en anglais, ne nous échappait nullement. Nous avions découvert que dans chaque langue de l'humanité, l'essentiel est fait de quelques mots simples avec lesquels vous pouvez mener des conversations compliquées.

« Il se sent dévalorisé, soupirait Saïda. Mon mari est deux fois docteur et à ses yeux, cette situation est humiliante. »

Un jour, un événement regrettable se produisit. Le Pou déclara qu'il y avait trop d'ail dans les beignets de Saïd et qu'ils chargeaient l'haleine. Depuis que nous mangions ici, nous puions toutes du bec et elle n'en pouvait plus, de cette infection.

Saïd sortit de ses gonds et lui balança à la figure le contenu de son assiette. Elle l'affronta : « Oh, on sait bien comment vous traitez les femmes, vous autres, qui pratiquez encore la lapidation ! » Puis elle quitta la table et rentra pleurer chez elle. Différents courants d'opinion se formèrent quant à la question de savoir lequel avait raison et quelqu'un gloussa : « Lapidée à coup de beignets ! »

Mais les repas en commun ne se finissaient pas tous aussi mal, et souvent l'une des Noires se mettait à chanter doucement. Au début, nous restions cois, la tête basse, mais le chant est contagieux et quand l'un chante, les autres suivent.

À y bien réfléchir, notre situation n'avait rien de bien reluisant, tout autour, un village perdu qui nous traitait comme des pestiférées et là-dedans, une bande d'insatisfaits qui se demandaient pourquoi ils avaient échoué ici. Mais nous eûmes tout de même le courage de trinquer, certains avec de l'eau, d'autres avec du vin, à l'infortune qui nous avait réunis.

Notre Dieu et celui des autres

Lors de nos visites à la Ruine, notre Dévote, experte en Écritures Saintes, se lançait dans de longues conversations sur Dieu avec Saïd Amal et l'humanitaire Évangélique, quant à nous, nous aurions bien aimé que le Seigneur nous explique la raison de tant de malheur dans le monde. Dieu se montrait-il si dur avec nous parce que notre façon de vivre était condamnable et insensée? L'avions-nous déçu, regrettait-il de nous avoir créés?

« Nous nous sentons seuls et abandonnés, mais au fond, nous avons abandonné Dieu depuis longtemps et il est désormais très seul, dans une solitude infinie et parfaite.

– Le pauvre!

– Quelle sottise, de dire ça de Dieu! »

Et aussitôt se formaient deux courants d'opinion: qui croyait en la divine providence, qui en la divine indifférence; qui espérait l'aide du Seigneur et qui préférait qu'il reste au large, dans son infinie solitude.

D'après l'Évangélique, Jésus n'avait été qu'un os donné à ronger au Mal que taraude sans cesse un appétit féroce. Le diable voulait les humains et Jésus, pour l'apaiser, s'était offert en sacrifice pour que nous puissions nous échapper et nous sauver. S'il ne l'avait fait que pour quelques-uns, il aurait été un héros, mais il l'avait fait pour toute l'humanité, donc il était Dieu.

Il nous avait sauvés, poursuivait la Dévote, mais il nous avait donné le libre arbitre. C'est pourquoi nous ne devions pas tout lui reprocher et ressasser « Où est Dieu ? Où est-il ? Comment se fait-il qu'il permette des choses pareilles ? ».

Contrairement à nous, chrétiens, avec notre Seigneur, aucun musulman n'aurait songé à se plaindre d'Allah. Saïda Amal et son neveu Abdulrahman étendaient sur le sol une loque en guise de tapis et, en l'effleurant du front et des pieds, ils priaient cinq fois par jour tournés vers La Mecque. « *La ilaha illa Allah* », nul n'est digne d'être adoré sauf Allah.

Saïd Amal était pour sa part devenu athée. Là-bas, en Syrie, il avait espéré en vain l'aide d'Allah, la paix et la liberté. Hélas, la rébellion contre le régime avait été écrasée dans le sang, ils avaient dû se rendre et désormais, ils n'avaient plus nulle part où aller et se sentir chez eux.

Saïd Amal était un homme d'une beauté altière : le teint sombre, les yeux brillants, les traits parfaits, la barbe courte et les cheveux légèrement ondulés. Il nous effrayait parce qu'avec son regard dénué de douceur, cette beauté avait quelque chose de menaçant. Il haïssait tous ceux qui, dans son pays, ne s'étaient pas dressés contre le régime, il méprisait les Occidentaux, indifférents à ce qui se passait en Syrie, il était fanatique et vindicatif.

Tout le contraire de sa tendre épouse qui, avec douceur et simplicité, nous souriait pour nous rassurer et s'excuser. Il nous paraissait normal qu'ils n'aient pas eu d'enfants, et notre cœur nous disait que des deux, c'était lui qui était stérile.

Saïda suppliait son mari d'arrêter, par pitié, de parler politique avec ceux qui avaient eu la gentillesse de bien vouloir les accueillir. Elle aussi, était sortie perdante de la révolution, mais elle n'en concevait nulle rancœur. Saïd et elle avaient résisté jusqu'à la chute d'Alep, où ils vivaient, mais ensuite, ils avaient dû s'enfuir, d'abord en Turquie, puis chez nous. Cela pouvait paraître absurde, mais Saïda avait même gardé quelques souvenirs heureux des camps de réfugiés. Elle pensait que les peuples sont bien obtus de refuser de comprendre qu'un destin commun les unit, et que ni la guerre ni les représailles ne pourront jamais changer cette réalité: aujourd'hui, nous sommes chassés de chez nous, et demain, ce sera votre tour.

Saïda ne détestait personne grâce à l'aide d'Allah. Quand elle exprimait ses idées, elle nous semblait plus bouddhiste que musulmane. Du reste, végétarienne, elle ne mangeait de la chair d'aucun animal. Elle ne tuait même pas les cafards, qu'elle laissait divaguer tranquillement dans la Ruine, ni les souris, pauvres petites, à l'intention desquelles elle laissait çà et là de petits morceaux de fromage, sans pièges.

Si elle n'avait rien d'une musulmane radicale et s'abstenait de tout prosélytisme, elle ne perdait pas une occasion d'affirmer que leur religion était la meilleure de toutes et que certainement, nous nous rangerions tous tôt ou tard derrière Allah. Alors, la Dévote et l'Évangélique se mettaient à genoux et priaient notre Dieu pour qu'il lui pardonne ce blasphème, puis elles la sommaient de ne pas comparer son Dieu et le nôtre, qui est le seul. Après l'une de ces batailles entre dieux, le Professeur déclara: « Comment pouvons-nous juger Dieu, et comment peut-il nous juger s'il est une fractale?

– Pardon?

– Vous voyez le chou romanesco? Eh bien, c'est une fractale. Les fractales, expliqua-t-il, sont des objets mathématiques, des figures qui présentent une structure similaire à n'importe quelle échelle: on les dit "auto-similaires", parce qu'en agrandissant une partie de la figure, on la retrouve tout entière. Dieu ne nous a-t-il pas créés, nous les humains, à son image ? Ne sommes-nous pas la répétition de Dieu à l'infini ?

– Vous êtes en train de dire que Dieu, c'est nous ? »

Tous les soirs, Tantine priait avec la Dévote et l'Évangélique. Nous pouvions voir bouger leurs lèvres et la lueur tremblante de leurs bougies qui, dans la nuit noire, se reflétaient sur les carreaux cassés et striés de ruban adhésif.

« La Madone a pris soin de Jésus même s'il n'était pas son fils, exactement comme toi. Elle aussi était une femme tout à fait normale, et non pas d'essence divine, comme vous le croyez, vous autres catholiques, disait l'Évangélique.

– Quel blasphème épouvantable », rétorquait la Dévote.

« Mais qui sont-ils, au juste, ces évangéliques ? demanda un jour le Professeur.

– Des chrétiens comme nous, mais ils n'ont pas la messe, ni l'eucharistie, ni la confession, ni le sacerdoce, ni l'extrême onction, ni les saints… lui répondîmes-nous, désormais au parfum.

– Vous savez quoi ? conclut-il. Tout compte fait, mieux vaut rester catholique, ces gens-là n'ont vraiment que dalle. »

Mademoiselle Lina

Bien qu'il ne l'ait pas revue après le premier soir, ou peut-être justement à cause de cela, l'Ingénieur avait pris en grippe mademoiselle Lina, qui ne se mêlait pas à nous et restait terrée chez elle avec ses bibelots.

« Une vie gâchée », lâchait-il avec mépris à chaque fois qu'il était question d'elle.

Lors de sa première et unique visite de la maison de ces Dames, il avait dénombré sept canapés, trente chaises et douze tapis persans de formats divers – quant aux bibelots, il en avait perdu le compte. Une multitude de babioles envahissait le moindre centimètre carré de chaque étagère, de chaque niche, de chaque guéridon recouvert de napperons en dentelle. Ces Dames n'avaient aucune pitié pour cette demeure : elles l'étouffaient. Dans son studio de Cagliari, il n'y avait aucun bibelot, seulement quelques grands tableaux.
« *Less is more ! Less is more !*

– Pardon ?

– Moins, c'est mieux. »

Sans vouloir offenser personne, cette maison était *re-don-dante* et, ne le prenez pas mal, une véritable bouffonnerie.

« *Re-don-dante* », le singions-nous, mais au fond, nous étions contentes que quelqu'un ose enfin cracher sur la maison la plus cossue du village, où, pendant de longues années, aucun de nous n'avait pu mettre les pieds.

Malgré tout, quand Saïd Amal, grâce à la cuisinière que nous lui avions offerte, se mit à cuisiner ses falafels, Lorena en apporta toujours un peu à ces Dames, dans des saladiers recouverts de torchons. Les jours où elle refusait tout contact avec la nourriture, nous nous en chargions à sa place.

Nous frappions quelques coups légers à leur porte : « Voici quelques beignets de Saïd Amal. »

Lina entrebâillait légèrement la porte et prenait le plat : « Merci de tout cœur, il ne fallait pas. »

Mais un jour, par surprise, mademoiselle Lina se présenta au campement et, avec un filet de voix – presque un murmure –, demanda aux envahisseurs comment ils se portaient et s'ils avaient besoin de quelque chose. De ce jour-là, elle vint quotidiennement poser la même question et ils lui répondaient : « Merci, nous n'avons besoin de rien. » Elle revenait quand même, avec une provision de biscuits, dérisoire aux yeux de tous, sauf à ceux du petit Mahmoud qui refusait de manger autre chose.

Ainsi, grâce à cette heureuse coïncidence – la présence sur le campement de l'enfant le plus antipathique du monde –, cette longue créature maigre et lente était utile à quelqu'un. Elle venait et restait plantée là, mutique, incapable qu'elle était de trouver un sujet de conversation. L'Ingénieur lui posait des questions idiotes. « Pourquoi me demandez-vous cela ? répondait la malheureuse.

– Pour entendre le son de votre voix. J'ai remarqué que vous ne parliez que si on vous posait une question, et jamais de votre propre initiative. »

Sur ce, il lui infligeait de longues tirades sur toutes sortes de sujets. Elle l'écoutait avec attention et patience, comme si elle retirait un profit quelconque de ces prêches assommants.

Ou alors, médisions-nous, comme si cette cruauté mentale était préférable au néant de son existence solitaire.

Le Professeur, auquel rien n'échappait, fredonna un jour une chanson de Gaber[1] : « *Comme ils sont justes, les hommes, avec leur engagement citoyen et leurs idées, leur odeur de tabac anglais et leur barbe rasée, et Ève n'est pas encore née ! Nous avons fait de notre mieux pour empirer le monde, nous si polis, si distants, deux siècles de baisemain !* »

L'Ingénieur était peut-être machiste, mais avec ses tempes grisonnantes, il avait un certain charme, de bon ton. C'était le seul des envahisseurs à toujours porter une chemise et une montre, que vous ne pouviez pas vous empêcher de reluquer parce que c'était une montre de prestige qui attirait le regard sur ses mains, grandes et belles.

Par surprise également, quelque temps plus tard, nous autres villageoises nous fûmes invitées par ces Dames à prendre le thé à cinq heures. On nous le servit dans un salon aux murs tendus de satin jaune où nous n'étions pas entrées la première fois, aussi rempli de niches et de guéridons envahis de bibelots, de miroirs rococos dorés et de tapis persans que le reste de la maison.

Nous attendions en circulant dans le salon comme au musée. Plantées devant chaque objet, nous les examinions. Nous fûmes frappées par une collection de statuettes du XVIIIe siècle représentant les masques du Carnaval : Colombine, Arlequin, Pantalon, et de nombreux Polichinelle qui nous ravirent. Il nous semblait impossible qu'avec de la porcelaine, on ait pu rendre aussi bien les plis de son étrange pyjama ceinturé à la taille, son long chapeau, son gros nez, ses souliers à boucle. Tous ces Polichinelle avaient la même

1. Giorgio Gaber (25 janvier 1939-1er janvier 2003) était un chanteur, compositeur, acteur et dramaturge italien.

expression impénétrable, mais leurs poses étaient variées, sur une balançoire, vieux avec une canne, malade sur un brancard, pieds en l'air, marchant acrobatiquement sur les mains. Ce salon nous enchanta même si pour nous qui avions coutume d'astiquer chaque objet jusqu'à ce qu'il rutile, tout était plutôt sale, dans cette pièce.

De toute évidence, la mère et sa fille avaient décidé de se passer de personnel de service depuis cette affaire du mariage de leur aide-soignante avec le nouveau Maire, et la poussière s'était accumulée un peu partout – tant et si bien qu'une des plus méchantes d'entre nous se permit d'écrire *nettoie-moi* du doigt sur un guéridon après quoi, au milieu des rires, elle effaça son inscription d'une main qu'elle essuya ensuite sur un napperon brodé plein de taches jaunâtres.

Le Pou s'enorgueillissait des bibelots qui ornaient sa demeure, mais dans son dos, nous lui faisions des grimaces moqueuses parce qu'elle ne possédait que de la camelote, du toc : boules à neige, poupées folkloriques, petits paniers d'osier remplis de fleurs en tissu et napperons au crochet.

Enfin, la mère arriva dans son fauteuil roulant, suivie de sa fille avec le plateau du thé.

« Nous sommes, commença donna Ruth, deux femmes seules. En outre, vous n'ignorez pas que nous n'entretenons aucune relation avec le Maire, car nous le considérons responsable du déclassement de notre village de commune à hameau ainsi que de la mort de mon mari. Mais vous devez lui demander d'agir pour résoudre ce fâcheux problème des migrants et des humanitaires qui les accompagnent. N'allez pas croire que nous sommes égoïstes, ni racistes. Nous aimerions aider ces pauvres gens, mais comment ? Leur place n'est pas ici. »

Tous les après-midi, quand se retrouver pour le thé fut devenu une habitude, la vieille nous ressortait son petit discours, et nous la laissions dégoiser en opinant du chef.

« Maman, nous allons nous en occuper, intervenait sa fille d'une voix faible, les problèmes se résolvent petit à petit. De quoi ont-ils besoin, aujourd'hui, ces malheureux ? »

Lina était certes un peu fadasse mais contrairement à bien des habitants du village, elle avait su garder ses bonnes manières et elle ne prononçait pas un mot qui ne fût aimable. Sur le seuil de la Ruine, elle demandait « Je dérange ? » et si quelqu'un éternuait, elle disait : « À vos souhaits ! Auriez-vous pris froid ? Gardez-vous bien des courants d'air. »

Après ses visites au campement et deux ou trois invitations pour le thé, aucune de nous ne lui trouva plus l'aspect d'un vibrion du choléra ou d'un escargot sans coquille, ni ne compara son chignon à un kyste d'échinocoque. Bien au contraire, nous tombâmes toutes d'accord sur le fait qu'elle avait une ravissante bouche charnue et un petit museau plein de grâce, c'était un être fragile, un oisillon aux pattes trop longues et au torse malingre.

Elle nous faisait asseoir dans les fauteuils et nous demandait comment s'était passée notre journée, et si les choses s'arrangeaient avec nos maris. Étaient-ils toujours aussi en colère ? Comment allaient les envahisseurs qui n'avaient pas été invités pour le thé ? Sa conversation n'était guère passionnante mais au moins, elle n'enfourchait pas le cheval de bataille de sa mère – renvoyer les migrants.

L'obsession de donna Ruth était de trouver un prétendant pour sa fille, et c'est certainement pour cela qu'elle étendit l'invitation à prendre le thé au Professeur et à l'Ingénieur et, pour ne pas paraître grossière, également à nos maris, lesquels refusèrent, bien entendu.

« On a un vrai travail, nous », dirent-ils, en faisant allusion aux humanitaires qui, d'après eux, n'étaient que des fainéants qui vivaient aux crochets des honnêtes citoyens. Mais ils étaient plutôt satisfaits de ces thés de cinq heures, car ils espéraient qu'avec ces Dames, nous mettrions sur pied une stratégie pour renvoyer les intrus.

Quoi qu'il en soit, désormais, pour mademoiselle Lina, tous les prétextes étaient bons pour venir au campement et, loin des griffes de sa mère, elle ne perdait pas une miette de nos commérages et laissait échapper des gloussements de rire en se couvrant la bouche de la main. Comme nous vous l'avons raconté, son père, l'ancien Maire, s'était pendu et l'on ignorait pourquoi. Peut-être avait-il compris qu'une page s'était tournée, maintenant que le village dont il avait été l'élu s'était perdu, réduit à l'état de hameau d'une autre municipalité, ou bien c'était parce que le prétendant de sa fille lui avait préféré l'aide-soignante de sa femme invalide. Mais la raison exacte de ce suicide était restée un mystère. Notre village est rempli de mystères, bien qu'aucun bandit n'y soit jamais passé et qu'en lieu et place de sauvages défilés, on ne trouve par chez nous que de douces plaines et des collines herbues où il est impossible de se cacher.

Depuis un moment, l'étudiante Lorena avait la mine blafarde, elle toussait et, fébrile, tenait à peine debout. Nous lui proposâmes de prévenir quelqu'un de sa famille, mais elle nous répondit qu'elle préférait encore mourir de phtisie.

Une nuit, sa fièvre grimpa et, pensant que ces Dames avaient le pouvoir de faire venir à n'importe quelle heure un spécialiste renommé de n'importe quelle région de la Sardaigne, nous allâmes frapper à leur porte, tout doucement pour ne pas déranger donna Ruth. Lina vint aussitôt nous ouvrir, pieds nus.

Elle proposa de laisser sa chambre à la jeune fille. Sans moufeter, nous gravîmes l'escalier à la lueur d'une bougie, toujours pour ne pas réveiller la mère. Arrivées à l'étage, Lina referma la porte derrière nous et alluma la lumière. Le temps avait créé de grandes taches d'humidité au plafond et une couche de moisissure verdâtre recouvrait les murs. Sur les carreaux et les châssis gonflés des fenêtres, sur la tapisserie bleu pâle ornée de roses, sur le plafond peint en bleu, partout s'était déposé un voile de buée noirâtre. À part l'armoire, sombre et sévère, le reste semblait avoir été conçu pour la joie et la sérénité d'une petite fille riche – oreillers de plumes et farandoles d'angelots dorés à la tête du lit, flacons de parfums sur la commode.

Ah, avec une chambre pareille, nos filles ne seraient pas parties, aurions-nous pensé dans d'autres circonstances, mais cela ne vint à l'esprit d'aucune de nous cette nuit-là.

« L'Ingénieur la trouverait trop remplie, dit-elle. Et vous ?

– Vous n'allez pas donner raison à l'Ingénieur !

– Bon, maintenant, mettons Lorena au lit et redescendons. J'appelle tout de suite notre médecin. Il m'a dit qu'il serait disponible pour maman à n'importe quelle heure du jour ou de la nuit. »

Gilles, qui bien entendu nous avait suivies dans notre opération de secours, fut laissé au chevet de la malade. Têtu comme il l'était, nous savions que le faire sortir d'ici serait toute une affaire.

« Oh, mais il est si bien dressé, si intelligent ! nous rassura Lina.

– Mais vous, où allez-vous dormir ?

– Peu importe, je n'ai jamais sommeil et une chambre en vaut une autre.

– Vous allez prendre froid, à rester pieds nus, comme ça.

– Je me suis dépêchée de descendre, je vais mettre des pantoufles et j'attendrai le docteur. »

Sur le chemin du retour, en devisant du fait que les pieds sont la partie la plus émouvante du corps humain, nous nous demandâmes comment les bourreaux de toutes les époques avaient pu commettre des massacres après avoir vu ceux de leurs victimes.

La nuit était d'une quiétude profonde, maisons, rues et collines revêtues du même indigo intense. Les paysans dormaient et seules quelques fenêtres étaient éclairées çà et là. Rassurées, puisque l'Étudiante était entre de bonnes mains, nous allumâmes notre torche pour nous guider mais ça n'était pas vraiment nécessaire : la lune était apparue, immense et argentée, teintant le paysage d'une blancheur opaline.

La placidité de la nature fait toujours son effet dans les moments d'inquiétude et de tourment, elle semble confirmer qu'un ordre universel gouverne toutes choses. Réconfortées par cette clarté pacifique et par l'idée que tout, dans l'univers, qui que fût son créateur, avait un sens, nous rentrâmes chez nous.

Quand il pensait avoir quelque chose d'intéressant à dire, l'Ingénieur attendait l'arrivée de Lina. Attentive, son petit museau pointé vers l'avant, celle-ci se mordait la lèvre inférieure comme pour mieux se concentrer sur ses propos. Il était clair qu'elle préférait la Ruine à sa maison, mais le thé de l'après-midi était devenu un rite incontournable, et puis nous rendions tous les jours visite à l'Étudiante souffrante. Le médecin de ces Dames avait rendu son diagnostic : bronchopneumonie.

« Une tasse de thé ? demandait Lina.

– Volontiers.

– Avec un biscuit ?

– Merci. Ils sont aussi bons que des *mince pies* ! » répondait l'Ingénieur.

« Aussi bons que des *mince pies* ! » le singions-nous tout bas, une fois à l'étage, au chevet de la malade. Nous n'apprîmes que longtemps après que les *mince pies* ne sont nullement des biscuits, mais de petites tourtes fourrées de fruits frais ou secs que les Anglais servent à l'heure du thé.

L'Ingénieur lui aussi devait être non seulement solitaire, mais très isolé. Un déçu de la vie, sans aucun doute, comme tous les humanitaires, les missionnaires, les bonnes sœurs et les prêtres, considérions-nous. Il aurait été naturel, penserez-vous, qu'à ce stade quelqu'un lui demande : « Excusez-moi, mais vous êtes marié ? » Et pourtant, personne ne lui posa cette simple question et, puisqu'il ne parlait d'aucune femme, nous crûmes qu'il n'en avait pas.

Du reste, nous traversions un moment si particulier que nous pouvions nous permettre d'ignorer la façon dont les choses auraient dû se passer en temps normal.

Même donna Ruth, qui ne manquait pourtant pas d'initiative, ne s'enquit jamais de ce qui l'intéressait plus que tout : était-il célibataire et y avait-il donc un quelconque espoir pour sa Lina.

Quand il parlait de lui, l'Ingénieur usait toujours d'expressions tarabiscotées, pédantes et vraiment obscures, par conséquent on ne lui demandait pas, lorsqu'il rentrait de temps en temps à Cagliari, si c'était pour ne pas délaisser trop longtemps son bureau d'études et achever des projets, ou si une quelconque épouse l'attendait en ville.

Lina, qui ne savait jamais s'il allait venir prendre le thé, passait et repassait devant la fenêtre sous le moindre prétexte en espérant qu'il arrive, et sa tasse était toujours prête, avec sa serviette brodée et sa petite cuillère en argent.

L'histoire entre l'Ingénieur et Lina devint notre roman, notre film, et nous brûlions de savoir comment il finirait. Nous rêvions pour eux d'un mariage tardif, à mille lieues d'ici, des mauvais souvenirs et de donna Ruth, dans une maison toute blanche, sans bibelots, meublée de canapés houssés de gris, de sièges et de buffets géométriques.

« Ils ne s'entendent pas, pourquoi iraient-ils se marier ?

– Sottises ! La vie, c'est l'art de s'adapter au mieux que rien.

– On ne sait même pas s'il est marié ou non. Il doit bien y avoir quelqu'un qui l'attend, à Cagliari.

– Mais non, il n'y va que pour passer à son cabinet. Aucune femme n'accepterait un mari aussi absent, encore moins un mari qui néglige son travail pour jouer les humanitaires.

– Vous voulez dire que les humanitaires sont tous de pauvres malheureux sans famille ou que ceux qui viennent en aide à autrui ne le font que par pur désespoir ? »

Et puis un jour, Lina vint à la Ruine et nous entendîmes l'Ingénieur lui dire : « Mademoiselle, je pensais justement à vous.

– Et à quoi pensiez-vous ?

– Je me disais que vous devriez prendre l'air, ne voyez-vous pas comme vous êtes pâle ? Vous n'allez donc jamais à la mer ?

– C'est trop loin, la mer.

– Sauvez-vous d'ici. Où aimeriez-vous aller ?

– Je ne sais pas.

– Je connais un endroit pour vous. New York. Vous adoreriez les *neighbourhood gardens*.

– Excusez-moi ?

– Les jardins partagés. Harlem en est remplie. Ce sont des jardins de quartier, avec des bancs et des allées de gravier entre les massifs de fleurs de saison, les plants de légumes et les arbres fruitiers. Des lieux silencieux. Hors du monde. Je vous vois bien assise sur un banc dans un *neighbourhood garden*. C'est une image poignante, émouvante, décadente. »

Nous pensâmes : ça y est ! Nous attendions l'épisode où ils apparaîtraient enlacés, nous annonceraient leurs noces prochaines et nous montreraient les photos de leur maison *less is more.*

Le *neighbourhood garden*, ou potager partagé

Depuis que l'Ingénieur en avait parlé, cette histoire de *neighbourhood gardens* nous trottait dans la tête, à nous autres villageoises.

Nous nous sentions négligées, ainsi réduites à ne produire que des artichauts et de la biomasse pour le gaz, tandis qu'autrefois, sachant écouter la nature, nous avions instauré un rapport d'amour et de solidarité avec les végétaux que nous cultivions. Vous nous prendrez peut-être pour des folles, mais nous parlions avec les tomates, les laitues, les choux, les melons, le fenouil, et eux, nous répondaient. C'était passionnant et amusant. Notre relation avec la biomasse, en revanche, restait aride, quant aux artichauts, ils nous ennuyaient.

Il nous semblait que notre village avait perdu ses couleurs, ce qui était lourd de sens car quand aux fenêtres et sur le seuil des maisons fleurissent des plantes colorées, il y a encore de l'espoir, or plus rien ne fleurissait à nos fenêtres et nous éprouvions une nostalgie lancinante pour nos jardins et nos potagers de jadis. Notre village nous paraissait confiné, étouffant, alors que le lac, où désormais nous n'allions plus, ce lac bleu, calme et limpide, était tout proche, avec ses reflets infinis, et ses îlots rocheux et verdoyants.

L'automne était là, c'était la saison des semailles et nous rêvions des *neighbourhood gardens.* Ah, les jardins partagés, leurs bancs sous des arbres en fleurs ! Finis, mauvaises herbes et portillons claquant au vent !

Nous laissâmes donc à nos hommes artichauts et biomasse et, avec l'aide des envahisseurs, nous les femmes, nous conçûmes le premier jardin partagé de Sardaigne. Manque d'initiative, vous disiez ? Sur son portillon, nous accrochâmes un panneau qui nous rendait cosmopolites, *Neighbourhood garden,* mais entre nous, nous l'appelions tout simplement : le potager.

L'Ingénieur nous raconta que quelque temps après la bombe atomique, à Hiroshima et à Nagasaki, ce fut merveille que de voir les graminées surgir de nulle part. Les herbes folles, comme dans nos potagers à l'abandon, c'était la vie, malgré tout.

Mais pour l'instant, il exigeait que sur le terrain il y ait de l'ordre, tandis que nous, comme les femelles de toutes les espèces, nous étions enclines à servir les caprices de la nature en y plantant tout ce qui pourrait y pousser. Lâchement, nous commençâmes par y aller aux heures où personne ne risquait de nous voir, mais petit à petit, une fois trouvée l'audace de faire ce qui nous plaisait quand cela nous plaisait, nous sortîmes de chez nous la tête haute, en empruntant sans hésiter le chemin le plus direct.

Les Autres, nos anciennes amies, scandalisées par cette initiative qui leur semblait conçue dans le seul but de faire enrager nos maris, feignirent de nous tomber dessus par hasard en espérant nous raisonner : « Sachez qu'en vous affichant ainsi à bêcher la terre en compagnie des envahisseurs, vous risquez vos mariages, sans compter les amitiés de toute une vie. Et tout ça pour qui ? Pour des gens que vous ne connaissez ni d'Ève ni d'Adam. »

Nous risquâmes le tout pour le tout. Auparavant, entre maris et femmes, on riait, on bavardait, on lançait des jugements hasardeux à tort et à travers, on disait des méchancetés puis on se demandait pardon. À présent, le silence régnait.

Au village, plus personne ne se fiait à nous, mais la défiance se fit réciproque et les âmes s'échauffèrent. Quand le Pou, par exemple, qui était des nôtres, recevait dans sa boutique quelqu'un qui se prétendait neutre dans cette histoire de migrants, elle prétendait ne pas avoir l'article qu'il voulait acheter, alors qu'il était sous son nez, bien en évidence. Elle ne servait plus que ceux de notre camp. Même à l'école, le Pou n'avait jamais compris grand-chose de la grande Histoire, ni de la petite, sans quoi cette façon de faire lui aurait sans aucun doute rappelé quelque chose d'horrible.

Mais un soir, au moment où nous nous y attendions le moins, nos hommes vinrent à la Ruine en rentrant du travail et déchargèrent de leurs fourgons, en les flanquant à terre avec des gestes rageurs, des semences, du fumier et de petits arbres fruitiers pour le potager. Nous fûmes tentées de leur opposer un crâne refus et de leur dire que nous n'avions que faire de leur aide.

Mais cette maudite *Iliade*, que nous étudiions nous aussi avec Tantine, nous apprenait que faire la guerre est vain, puisqu'à la fin tout le monde perd, et donc, souriantes et pacifiques, nous nous répandîmes en mille remerciements et acceptâmes que nos hommes, tout renfrognés qu'ils étaient, nous donnent un coup de main pour les travaux pénibles.

Et, peut-être parce que le tempérament féminin est ce qu'il est, le fait que ces messieurs soient venus au campement nous fit espérer, les connaissant, qu'ils changeraient bientôt d'opinion au sujet des envahisseurs ; quant au fait qu'ils aient apporté des outils et des plantes pour le potager partagé, il nous fit comprendre qu'au fond, à leur manière, ils nous soutenaient.

Après ce geste, nous retrouvâmes pour eux la pureté des sentiments que nous pensions avoir perdue, avec une dimension en plus, une sorte d'élargissement à toute l'humanité de l'amour singulier pour un homme. Et pas seulement à l'humanité. Vous est-il arrivé de vous éprendre des végétaux et des minéraux, au point d'attendre avec impatience que le jour se lève pour pouvoir enfin tourner autour d'un citronnier ou des fleurs de choux, ou disposer artistiquement des cailloux aux formes étranges en bordure des plates-bandes ? Si nous avons connu cela, nous autres, femmes vieillissantes, avec ce potager, la chose pourrait aussi bien se produire pour vous, un jour ou l'autre.

Les maris furent imités par des mères et des belles-mères, la mine tout aussi bougonne et, comme on dit par ici, *a struncius e murrungius,* de mauvaise grâce et en ronchonnant. Désormais trop vieilles pour travailler la terre, elles nous apportaient des paquets à l'odeur appétissante et les posaient sur le muret du potager sans dire un mot, comme on laisse une écuelle pleine à des chats ou des chiens errants. Au fil des jours, l'odeur devint l'exquis fumet de délicats petits plats et les vieilles, en s'éloignant, lâchaient même quelques *sciadaus,* les pauvres, à l'intention des envahisseurs.

Mais ce qui nous sidéra fut la réaction des Noirs, si vous aviez vu les salamalecs qu'ils réservaient à ces grands-mères. Ils allaient jusqu'à les appeler « maman ».

« Parce qu'en Afrique, on respecte les vieux, se rengorgeaient nos mères et nos belles-mères. Pas comme ici où on nous considère comme un poids. »

Sous la direction de Robin et de l'un des Noirs, qui non seulement travaillait, mais nous adressait parfois la parole ou un sourire, nous défrichâmes, nous drainâmes et nous semâmes ce qui deviendrait de longues fugues, douces et tremblantes, de plants – tomates, choux, persil, menthe, basilic, sauge, courges, melons, piments, fenouil, laitues, oignons, carottes. Nous plantâmes des arbres fruitiers – pommiers, pêchers, poiriers qui coloreraient le printemps de fleurs.

Il fallait étaler le fumier, préparer le terrain qui était en pente et l'aménager en terrasses avec des planches en bois, en plantant des poteaux pour les fixer. Les pieds enfoncés entre les sillons, nous ne faisions que parler de graines et rêver à l'Éden retrouvé. Armés d'arrosoirs et de râteaux, nous conquérions patiemment de nouveaux espaces et nous courions d'un sillon à l'autre, qui aux choux, qui aux fèves, qui aux haricots, parmi les pommiers, les pêchers et les poiriers.

Les villageois sceptiques, en voyant passer et repasser les terrassiers et les constructeurs d'espaliers auxquels s'adosseraient les arbres fruitiers et les abris pour les figuiers, riaient grassement. Ils passaient la tête par la grille pour mieux ricaner. Mais quelle importance, dès qu'une personne fait quelque chose de bien, les autres la traitent de folle et se moquent d'elle tant et plus. Ils n'étaient pas conscients du fait que si nous étions risibles, eux l'étaient également, d'un ridicule identique, souffrant de la même douleur, atteints d'une pareille moisissure.

« *Heureux les doux, car ils hériteront de la Terre !* » leur criaient la Dévote et l'Évangélique, du potager.

Robin et le Noir affable, qui se prénommait Asad, n'avaient pas l'allure d'un petit voyou et d'un réfugié, mais la prestance de deux maîtres engagés par le Roi Soleil pour créer les jardins de Versailles. Asad avait conseillé l'ajout d'argile et de silice pour bonifier le sol et dissertait, dans son italien loufoque, sur l'art de cultiver les radis. Les seules préoccupations de ce réfugié qui, venu d'Afrique, avait survécu à un terrible voyage et n'avait plus ni patrie ni famille, semblaient être les mauvaises herbes et les insectes qui menaçaient les fruits et les légumes de ce petit potager sarde.

Quand tous étaient partis, Robin s'attardait, seul, au potager, assis sur un muret, une cigarette aux lèvres, une autre calée derrière l'oreille, les pieds dans ses galoches éculées de gamin pauvre, son pantalon feu au plancher qui lui faisait les jambes comme des allumettes, une besace en toile pendue à sa ceinture avec ce qu'il appelait son nécessaire, l'inévitable livre ouvert sur ses genoux. Malgré son gabarit menu, c'était un vrai malabar. Au potager, dont il était un fervent amant, il arrachait le chiendent, taillait les haies et ameublissait la terre.

Quand on nous retenait pour dîner, à la Ruine, et qu'il n'arrivait pas, nous allions le chercher : « Hé, Robin, tu ne viens pas ? »

Il nous lançait un regard effaré, tant il trouvait étrange que quelqu'un remarque son absence et s'en inquiète.

Nous le retrouvions parfois endormi, allongé sur le muret, ses lunettes tordues sur le nez. Nous les lui ôtions doucement pour ne pas le réveiller. Et pour qu'il n'attrape pas la mort, l'une de nous qui ne sortait jamais sans un châle l'en recouvrait, comme le font les mères.

Le Tailleur, déprimé parce qu'aucun richard, ni sarde ni continental, ne venait plus s'habiller chez lui, reprit du poil de la bête quand il décida de coudre à Robin un nouveau pantalon, un gilet, une chemise et un bonnet. Le garçon le remercia et voulut absolument lui payer son dû, mais il continua à porter ses guenilles. Les habits du Tailleur lui paraissaient trop beaux pour lui et il ne les mettait jamais. Il avait réclamé un cintre pour les suspendre, mais souvent, il les étendait sur son matelas.

« Tu as l'intention de les mettre au musée ? nous moquions-nous.

– C'est l'héritage de tes futurs petits-enfants ?

– Tu fais comme Rosso Malpelo[1] avec les chaussures de Mastro Misciu ? »

Il se justifiait en disant que ces vêtements étaient bien trop beaux pour lui qui était si laid, et aussi, qu'aucune occasion méritant qu'il les porte ne se produisait jamais.

« Qu'est-ce que tu attends ? Une invitation à boire le thé chez la reine Élisabeth, le thé chez ces Dames ne te suffit pas ?

– Mais enfin, ces Dames ne m'ont jamais invité ! »

Le Tailleur lui fit alors de nouveaux vêtements de travail, mais le garçon se comporta exactement de la même manière. Il les trouvait trop beaux pour travailler avec et préférait les garder pour de meilleures occasions.

« Dommage que les jardins de Versailles soient achevés depuis longtemps et qu'il n'y ait plus de Roi Soleil ! » lui disions-nous pour le railler.

Mais c'était comme de parler à un mur : il n'y eut pas moyen de lui faire porter autre chose que ses loques habituelles. Du reste, avec ce garçon-là, vous ne pouviez pas non plus forcer sur les moqueries, parce qu'alors il vous lançait de ces regards menaçants qui vous faisaient craindre qu'il vous règle votre compte sur-le-champ.

Le Tailleur ne l'aurait pas admis même sous la torture, mais malgré sa bouche de travers et en dépit de son passé de dealer, Robin tenait pour lui du fils idéal. Il était costaud, c'était un grand lecteur, certes, mais il excellait aussi aux travaux de force, il portait des sacs, il bêchait la terre et n'était jamais fatigué. En somme, c'était un vrai macho, pas comme

1. *Rosso Malpelo* est le héros éponyme d'une nouvelle de Giovanni Verga ; *Mastro Misciu* est son père.

ce bichon de salon qui lui était échu en guise d'héritier. Il était bien conscient du fait que les machos n'ont plus tellement la cote depuis que les filles ont fait la révolution, mais lui, il aurait préféré engendrer un garçon comme ce Robin, qui n'était pourtant à nos yeux qu'un pauvre gosse, comparé au sien, de fils, riche et célèbre.

Arriva l'hiver et nous aurions aimé qu'une neige douce et légère masque d'un voile délicat et compatissant le remords que faisait naître chez nous la laideur de notre village.

Cependant, la neige ne tomba pas, en revanche, il plut à verse et nous prîmes l'habitude, dans nos moments d'oisiveté, d'aller nous réfugier à la Ruine, devenue une sorte d'Arche de Noé, toute de pierres sèches, celle-ci, et de pièces obscures.

Quand la pluie cinglait violemment les carreaux des fenêtres, il nous semblait être, bien au sec, dans l'endroit le plus confortable d'un monde qui, là-dehors, partait en morceaux, les seuls à échapper au déluge universel. Exactement comme nos ancêtres qui, pour se mettre à l'abri des incursions étrangères, s'étaient réfugiés dans les *nuraghi*, même si dorénavant les temps avaient changé, et que les envahisseurs étaient à l'intérieur avec nous.

Entre-temps, dans le monde, la situation générale des réfugiés empirait. Murs, camps, fils barbelés et obstacles de toutes sortes entravaient désormais leur existence. Quelle raison avaient-ils de vivre ? Et nous donc, au fond, quelle raison avions-nous de vivre, dans l'état où nous étions ?

Sans les réfugiés, nous aurions cédé à la paresse de nous laisser aller, de jeter l'éponge : que les plantes se dessèchent, que les maisons s'écroulent et que nous crevions tous autant que nous étions. Plus maintenant. Nous avions au moins une bonne raison de vivre : nous rendre utiles à ceux qui avaient eu encore moins de chance que nous. Mais que pouvions-nous faire ? Nous avons un dicton, nous les Sardes : *Commence par sauver tes brebis, tu penseras au reste plus tard.* La première brebis avait été le potager, la deuxième fut le verger intérieur de la Ruine, derrière la cour, où cet hiver-là mûrirent à nouveau des oranges, des mandarines et des citrons, tandis qu'au pied du mur, le romarin se remettait à pousser.

Sauver les brebis exigeait un labeur frénétique, mais nous songions avec une immense satisfaction au printemps, quand les fleurs de pommes de terre, qui ressemblent tant aux narcisses, parsèmeraient le potager de touches blanches et les fèves de touches vertes, quand nous nous régalerions de blettes, d'épinards, de fenouil et de brocolis.

Nous allions jusqu'à penser à l'été, quand les tomates mûriraient, et avec elles les aubergines, les courgettes, les concombres, les poivrons, les laitues, les carottes, le persil et le basilic.

La troisième brebis à sauver fut la Ruine elle-même. Sous la férule de l'Ingénieur, de Saïd et des plus qualifiés de nos hommes, les trous du toit furent refermés. Les portes pourries ne furent pas remplacées, on installa à leur place des tentures, qui s'ouvraient tels des rideaux de théâtre sur la pièce voisine et que la brise soulevait, laissant passer la lumière du soleil. Il en alla de même pour les fenêtres, tant pis pour les volets brisés, certaines en disposaient et d'autres non, mais nous n'eûmes pas recourt à l'aluminium anodisé et, à travers les vitres, on pouvait voir l'azur du ciel et les nuits étoilées, les perles de rosée et de pluie.

Les Autres, « les grincheux noirs », comme nous avions pris l'habitude de les appeler, faisaient ce qu'ils avaient à faire sans nous adresser la parole. Ils refusaient d'apprendre notre langue, cela n'en valait pas la peine, puisque tôt ou tard ils partiraient rejoindre la véritable Europe ; car leur place n'était pas ici.

Radieux, Robin et Asad faisaient visiter le potager partagé en expliquant leurs craintes pour l'hiver. Même ces Dames nous honorèrent parfois de leur présence, elles partageaient nos inquiétudes et nous en parlions ensemble. Mais si Lina arrivait toute seule et que l'Ingénieur était là, sous un prétexte quelconque, nous filions tous, Asad et Robin compris.

Le Professeur approuvait lui aussi l'idylle naissante entre Lina et l'Ingénieur. Il l'expliquait par la physique. L'Ingénieur était un générateur ambulant d'entropie, c'est-à-dire de désordre, un désordre indispensable pour apporter de la chaleur vers les corps froids.

« Même si le générateur est froid lui aussi ?

– Il suffit qu'il soit un peu plus chaud.

– À cinquante ans bien sonnés, Lina n'a jamais vu de *pillona*, c'est certain.

– Qu'est-ce que c'est qu'une *pillona* ? demandèrent ceux qui ne comprenaient pas le sarde.

– En sarde, *pillona* signifie pénis, répondit d'un air docte l'humanitaire du sex-shop. "*Elle n'a jamais vu de pillona*" se dit d'une femme qui n'a jamais fait l'amour. »

En matière de sexe, ce garçon était décidément très calé. D'après lui, la vraie connaissance de l'Autre ne se produisait qu'avec le contact des sens. De tous les cinq. Sans contact des sens, pas de connaissance. Et lui ? Il s'était lié d'amitié avec Abdulrahman, le neveu de Saïda Amal. À table, ils s'asseyaient côte à côte et se regardaient l'un l'autre à la dérobée, s'offrant à tour de rôle une partie de leur assiette, tels deux prisonniers d'un camp de concentration renonçant par amour à leur soupe de rutabagas.

Saïda avait dû emmener Abdulrahman de force en fuyant la Syrie, et pas seulement pour des raisons politiques ; quant à Saïd, il ne pouvait souffrir le neveu de sa femme, peut-être ne le trouvait-il pas assez viril, ou bien c'était parce que le garçon ne critiquait jamais personne, pas même le régime.

L'humanitaire du sex-shop, plus joyeux, faisait souvent le clown, pour le seul plaisir de voir ce bougre d'Arabe d'Abdulrahman éclater de rire et se détendre un peu. Ces deux-là n'avaient rien d'efféminé, ils avaient des jeux guerriers, du genre lutter et se flanquer par terre, mais ensuite, ils restaient longuement enlacés, en silence.

Nous n'étions pas certains qu'ils soient gays. Quand on leur posait la question : « Parle-moi un peu de toi », ils répondaient : « Je ne sais pas », et peut-être était-ce la vérité.

Une fois, l'humanitaire du sex-shop raconta que son père avait coutume de dire : « Mieux vaut un fils mort qu'un fils pédé. » L'un avait donc pour géniteur un assassin potentiel, l'autre était musulman, et dans son pays, les homosexuels étaient arrêtés et parfois pire. Leur amour ne semblait pas promis à une fin heureuse et cela nous causait du chagrin, un déchirement, comme toujours quand un amour est impossible.

Tout ceci nous faisait réfléchir au fils du Tailleur qui ne revenait jamais au village parce qu'il avait un fiancé, mais qui s'en ouvrait sans problème au monde entier. Son père en avait plus honte que s'il avait été délinquant, mais un jour que nous nous plaignions de nos enfants avec de profonds soupirs, comme le font souvent les parents entre eux, quand ils se lâchent, le Tailleur fit cette sortie : « Mon fils, lui, au moins, s'est fait tout seul et il est devenu célèbre, alors que les vôtres ont eu beau courir le monde, vous devez encore les entretenir. »

Nous aimions toutes beaucoup ce garçon et nous lui étions reconnaissantes, surtout nous, les femmes, car il nous avait autrefois habillées selon notre personnalité : il était le seul à avoir compris qui nous étions vraiment.

Un joli Noël

Mais les autres enfants qui, pensions-nous, n'avaient rien à cacher, pourquoi donc ne venaient-ils pas nous voir? Peut-être parce que nos maisons étaient trop laides? Alors, pleins d'espoir, nous tentions de les embellir un peu, mais le problème était probablement ailleurs. Car quand nous leur proposions d'aller les trouver chez eux, ils nous répondaient qu'ils étaient trop occupés. Ils tenaient leurs parents à distance.

À l'approche des fêtes, quand la nostalgie se faisait insupportable, nous préparions des colis remplis de spécialités sardes et nous glissions dans la paille quelques rameaux de houx ou d'autres petites décorations de Noël. À Pâques, nous ne manquions jamais d'envoyer des pains qui étaient des chefs-d'œuvre, les *coccoietti,* décorés d'un œuf dur.

Mais cela n'arriva que lorsque tout espoir fut perdu, car longtemps, nous n'avions fait que fantasmer des tables dressées avec les services de vaisselle et de verrerie de nos grands-mères et les nappes brodées par nos mères, dont nous avions réussi, à force de patience, à faire partir les taches jaunes, après tant d'années passées dans un tiroir. Depuis qu'il était devenu clair que les enfants ne viendraient plus, ces projets de tables somptueuses nous apparaissaient pour ce qu'ils étaient : ridicules, de pâles natures mortes juste bonnes à projeter une ombre légère.

Nos enfants exilés n'étaient pas les seuls à dédaigner Noël. Pendant un temps, entre voisins, nous nous étions réunis pour réveillonner, mais beaucoup avaient fini par considérer que Noël était un jour comme un autre et qu'installer la crèche du village, ornée de mousse véritable, avec ses cabanes en bois, ses cascades et les fabuleux habits des Rois Mages – œuvres du Tailleur – était une corvée inutile. Nous n'avions qu'à le fêter entre nous, nous qui étions restés attachés aux *antigori' e nannai*, parce que Noël, c'était quand les enfants étaient auprès de nous, et c'était fini, à présent qu'ils étaient partis et qu'ils nous montraient clairement qu'ils s'en moquaient, de Noël et de la crèche, de Pâques et du *coccoietto* avec l'œuf dur, et surtout, de leurs parents. Et vous n'imaginez pas à quel point cela nous accablait, à quel point nous étions malheureux et déprimés.

Nous étions pour la plupart de bons parents, mais à présent, nous redoutions que nos idées étriquées nous aient fait rater quelque chose. Obtus et têtus, nous avions toujours été hostiles à toute forme d'extravagance, sans voir que le monde en était pétri, d'extravagances en tous genres !

Mais notre faute impardonnable avait été d'espérer que nos enfants réalisent ce que nous n'avions pas réussi dans la vie, que nos talents inexprimés mûrissent et se concrétisent en eux. Que nos enfants soient meilleurs que nous l'avions été, en somme. Jeunes, nous voulions presque tous devenir « quelqu'un », comme on dit, n'est-ce pas ?

Ah, quelle époque c'était, quand nous nous intéressions encore à la politique et que nous rêvions de changer le monde ! Mais même en cela, nous ne nous étions pas révélés très doués, et rien n'avait changé.

À la Ruine, la table couleur soleil, grâce au rayon de lumière envoyé par Dieu, comme le croyait notre Dévote, accueillit cette année-là notre repas de Noël. Nous pensions que les envahisseurs humanitaires allaient rentrer chez eux, dans leurs familles, et qu'il n'en resterait qu'un ou deux avec les migrants, qui se moquaient bien de Noël. Mais seule Tantine partit et tous les autres restèrent. Ils prétendirent ne pas pouvoir laisser tomber les réfugiés, mais c'était loin d'être leur seule motivation. N'ayant aucune envie de réveillonner avec sa famille qui le rejetait, Robin était ravi d'y couper. Pour cet athée de Professeur, Noël ne représentait rien. L'Ingénieur souligna que le groupe lui ayant été confié, il ne pouvait l'abandonner. Le garçon du sex-shop prétendit que son père ne souffrirait nullement de son absence. Lorena, pensez donc, n'aurait pour rien au monde manqué un Noël en compagnie du Professeur. Quant à nous, nous avions encore une fois invité en vain nos enfants exilés.

Ce fut donc un Noël de rebuts de l'humanité, mais résolument différent de tous les autres puisque enfin, nous sortîmes de nos armoires nos précieuses parures pour en garnir la table de la Ruine, qui fut soignée et somptueuse car chacune de nous apporta ce qu'elle avait de mieux : l'argenterie, les verres en cristal reçus en cadeau de mariage, la nappe et les serviettes brodées à la main du trousseau, les assiettes à motifs bleus de notre XIXe siècle sarde, que nous avions si longtemps négligés.

Nous installâmes même la crèche avec tous ses Rois Mages, que le Tailleur revêtit de nouveaux et luxueux costumes. Dans la foulée, il avait décidé de rhabiller aussi Marie, Joseph et l'enfant Jésus. La Madone y gagna une robe de brocart fleuri et un manteau de velours bleu, Joseph, une tunique de satin crème et Jésus, un berceau tout équipé, pourvu d'un douillet matelas en laine. Quand nous passions devant, nous ne manquions pas de lui tapoter la joue en le gratifiant de quelques gazouillis, comme on le fait avec les bébés – sauf la Dévote et l'Évangélique qui s'y refusaient. Fait-on des gazouillis à Dieu ?

Saïda Amal, qui avait elle aussi pris l'habitude de taquiner l'enfant Jésus en passant devant la crèche, nous disait : « C'est peut-être Dieu pour vous, mais ça reste tout de même un bébé. »

Nous avions réfléchi au menu pendant des jours. Qui, des Noires et des Noirs, était musulman et ne mangeait pas de viande de porc ? Qui ne buvait pas de vin ? Pour eux, nous préparerions de l'agneau, et ils boiraient de l'eau, mais les autres, les chrétiens, n'allaient certes pas renoncer au *porceddu*, aux *malloreddus*[1] à la campidanaise et au Cannonnau. Par respect, nos hommes mirent donc à la broche aussi bien un *porceddu* qu'un *angioneddu*, quant à la sauce des *malloreddus*, nous la fîmes sans saucisses.

Nous empaquetâmes également une kyrielle de cadeaux pour le petit Mahmoud, lequel ne leur accorda bien sûr pas un regard et refusa même de les ouvrir.

Ce ne fut pas un véritable réveillon, mais un repli, une tentative plus ou moins réussie d'adaptation aux circonstances, une misérable consolation, mais maintenant que le temps a passé et que les souvenirs commencent à s'effacer, cette compagnie hétéroclite avait quelque chose d'inexplicablement joyeux, et ce jour, une douceur inconcevable.

Nous téléphonâmes à nos enfants pour leur raconter la fête avec tant d'enthousiasme que certainement, il leur vint un grand désir de ne pas manquer le prochain Noël.

« Tu as lancé l'appât ?

– Ils ont mordu ?

1. *Malloreddus* : pâtes sardes.

– Est-ce qu'ils viendront, l'année prochaine ? »

C'était notre stratégie, à nous les mères. Les pères, qui en voulaient à leurs enfants, boudèrent ces vœux téléphonés pour aller s'attabler avec les envahisseurs.

Ces Dames ne participèrent pas aux festivités, elles préférèrent rester seules chez elles, dans leur demeure sans ornements de Noël, à manger leurs biscuits et à boire leur eau de pommes.

En plus du *porceddu* et de l'*angioneddu*, nous dégustâmes la cuisine de celui que nous avions d'abord pris pour une sorte de terroriste, et les rares Noirs chrétiens, à qui la chose était permise, trinquèrent avec le Cannonnau.

Pour fêter Noël dignement, Robin exécuta toutes sortes d'acrobaties, tandis que nous marquions la cadence en tapant dans nos mains.

La Dévote et l'Évangélique récitèrent un passage des Évangiles : « *Lorsque tu fais un déjeuner ou un dîner, ne convie ni tes amis, ni tes frères, ni tes parents, ni de riches voisins, de peur qu'eux aussi ne t'invitent à leur tour et qu'on ne te rende la pareille… Mais lorsque tu fais une réception, invite des pauvres, des infirmes, des boiteux, des aveugles et heureux seras-tu de ce qu'ils n'ont pas de quoi te le rendre.* »

Certes, comparer les envahisseurs à des infirmes était inconvenant, mais ce jour-là, tout nous semblait juste et harmonieux et personne ne s'offensa.

Lorena, convalescente, entretint notre joie en nous lisant un de ses poèmes où il était question des lumières de Noël qui rendaient tristes ceux qui les apercevaient au loin, dehors, dans l'obscurité, car personne ne les avait invités.

« Comme vous le savez, marmonna Saïd Amal, Noël n'a aucun sens pour moi. Mais tout de même, vous ne devriez pas vous permettre de gâcher la fête de cette façon.

– *Sciadadedda !* Elle est encore malade, elle devrait être au lit, chez ces Dames. Elle a fait l'effort de se lever et de venir ici… »

Cependant, peut-être grâce au Cannonnau, ou bien parce que nous étions bien décidés à ce que rien, ce jour-là, ne nous gâte l'humeur, malgré le poème de Lorena, nous chantâmes tous en chœur *In su celu.*

Les Noires ne se le firent pas dire deux fois et se mirent à entonner leurs joyeux chants africains. Et vous auriez dû voir comme nos hommes riaient, en se cachant la bouche de leurs mains, tandis qu'éméchés, ils apprenaient des gros mots en sarde aux grincheux noirs.

Bientôt, la bouche fermée et en tapant dans ses mains, Saïd Amal modula une mélopée que sa femme accompagna en chantant et en dansant, balançant sa tête enveloppée dans son hijab de fortune, une serviette sur laquelle était imprimé *Joyeux Noël !* Nous tapâmes tous dans nos mains, au rythme de ces mots que nous ne comprenions pas, nous laissant emporter par la musique de l'arabe, une langue douce et mélodieuse.

Nous rentrâmes chez nous contents : « *Allooons, mes frères ! Le Père nous appeeelle, allooons dîner, il y a de la place pour nous…* »

S'aimer dans l'Arche de Noé

Outre cultiver le potager, nous échanger des recettes et supputer les chances de l'idylle entre l'Ingénieur et Lina, ou la possibilité que l'humanitaire du sex-shop et Abdulrahman soient gays, une autre de nos activités favorites était de rêver.

Lorena de sognus prena, ainsi l'avions-nous surnommée. Quand nous lui rendions visite chez ces Dames pendant sa convalescence, elle se redressait sur ses coudes et nous demandait : « Je vous raconte mon dernier rêve ? »

En songe, le Professeur lui disait : « Tu es trop jeune pour moi. Et puis, ma chère enfant, mon cœur ne bat pas pour toi. Hélas, je n'ai encore jamais trouvé une femme qui fasse battre mon cœur. »

Nous lui faisions remarquer que l'un de ses tatouages était tout de même un cœur traversé par le nom de son ex-fiancé. Or, les tatouages sont éternels. S'en ferait-elle faire un autre avec le nom du Professeur ?

« Tu te feras tatouer une fractale ?

– Un chou romanesco ? »

À ses yeux, le Professeur était si bel homme, avec son regard sombre, ardent, perçant. Il émanait de sa barbe négligée une telle sagesse et une telle sensualité. Une nuit d'amour dans ses bras, même en rêve, ne serait-ce pas vertigineux ?

Elle était convaincue que le Professeur, en plus d'être un génie des mathématiques, était omniscient.

Nous aussi, d'ailleurs, étant donné qu'il savait tout sur tout et que nous finissions toujours par aller le consulter. « Demande au Professeur », disions-nous.

Peu importait votre problème : il était disposé à vous écouter et à en discuter. Certes, ses réponses étaient implacables et il lâchait de cruelles vérités vraiment difficiles à avaler, mais il les disait en riant, comme font les jeunes : « *Ah, ah, ah !* » Vous aussi, si vous l'aviez connu, vous lui auriez pardonné ces méchancetés, parce que c'était un vieux jeune homme. Cependant, il n'était pas vraiment beau, même si aux yeux de l'Étudiante, il était semblable aux Hommes Bleus du désert. Par quel miracle, nous l'ignorions, car les Hommes Bleus du désert sont immenses et aussi – que le Professeur nous pardonne – magnifiques.

En vérité, sauf son respect, il ne ressemblait guère à un professeur, avec son pantalon de pyjama et sa toque de cosaque, sa barbe négligée, son pull troué et ses sandales, qu'il portait avec des chaussettes en laine. Il nous expliqua un jour qu'il entendait montrer ainsi dans quel état se trouvait l'université en Italie.

Toujours en rêve, le Professeur, en dévisageant Lorena, lui disait : « Et pourtant, qu'est-ce que tu me fais bander. Tu me fais bander à mort. Mais tu n'affoles pas mon cœur. »

Lorena manquait défaillir, mais le rêve prenait fin avant qu'ils ne passent à l'acte.

Au fil du temps, le bon sens ayant pris le pas sur notre imagination féminine, nous pensions que les choses sont ce qu'elles sont, qu'on ne peut rien y faire, et ce constat déteignait sur tous les aspects de nos existences. Et pourtant, en cette période extraordinaire, nous finîmes par croire en cet amour impossible et par faire fi de ce que notre bon sens nous suggérait.

Nous demandions à Lorena: « Comment t'est venue l'idée de travailler dans l'humanitaire, jeune fille, fragile comme tu l'es?

– Je voulais partager avec lui une expérience qui nous lierait à jamais.

– Et tu n'en as pas trouvé d'autre?

– Toutes les étudiantes étaient amoureuses du Professeur, mais je suis la seule à m'être mis en tête de le suivre, même au bout du monde. »

Nous nous étonnions qu'une petite souris apeurée dans son genre puisse rêver de semblables aventures.

« Vous vous rappelez la fois où elle a pris la pétarade d'une casserole sur le feu pour une fusillade, alors que personne ne tire de coups de feu par ici, et qu'elle s'est enfuie en hurlant? » ricanions-nous.

Du reste, aucun des humanitaires ne semblait avoir la trempe de ceux qui savent vraiment épauler leur prochain. Plutôt que de vous dire qui était le type dont il vous parlait, l'Ingénieur était du genre à vous dresser la liste de ses propriétés. Il n'avait monté de projets que pour des rupins, mais il était incapable de présenter les choses simplement: « J'ai travaillé pour un rupin », point. Après avoir lâché le nom du type, il vous infligeait par là-dessus une exténuante énumération d'avions privés, de piscines, de terrains de golf, d'actions dans des équipes de foot réputées, de supermarchés, de cliniques, d'entreprises de transport, et n'en jetez plus, la cour est pleine. Bref, il avait l'air bien trop fasciné par les riches pour s'intéresser vraiment aux misérables.

Le garçon du sex-shop était de toute évidence à l'affût d'aventures sexuelles.

Tantine devait chercher une échappatoire au rôle de mère qu'on lui avait collé sur le dos et Robin, fuir le trafic de drogue et la police.

L'Évangélique devait surtout avoir pour mission de montrer à quel point les évangéliques sont plus proches du Christ que les autres chrétiens, ou alors, sa communauté avait tout simplement voulu se débarrasser d'elle, ennuyeuse comme elle l'était.

Le Professeur non plus n'avait pas le bon profil, c'était un catastrophiste qui ne croyait pas une seconde à l'amour universel ; et encore moins aux liaisons amoureuses, toutes toxiques et entachées de possessivité.

« L'amour véritable serait de rassurer l'autre en lui disant : "Je renonce à toute possession. Couche avec qui tu veux." Et puis, ajoutait-il, ce n'est pas une personne qu'on aime, mais l'idéal qu'on a projeté sur elle – celle qui vous aime est votre pire ennemie puisqu'elle cherche sans cesse à vous changer en fonction de ses attentes. »

Nous digérions mal ces discours sur l'amour, nous les femmes, car en cette période nous étions toutes pareillement d'humeur rêveuse. Nous n'avions pas fait d'aussi jolis songes depuis longtemps. Avec ces envahisseurs chez nous, notre sommeil aurait dû se peupler de cauchemars, au lieu de quoi, c'est d'amour que nous rêvions, même nous qui n'étions plus toutes jeunes, et nous pouvions enfin coucher avec tous ceux qui jadis nous avaient dédaignées. Contrairement à nous, qui avions vieilli et enlaidi, ces garçons étaient restés jeunes et beaux – ce qui ne les empêchait pas de brûler de désir pour nous.

À l'émotion de cette conquête inespérée se mêlait hélas le remords d'avoir trompé nos maris. Alors, toujours en songe, nous nous rhabillions à la hâte, en fourrant nos culottes et nos collants dans nos sacs puis, navrées et encore bouleversées, nous nous demandions : « Comment lui dire que ça ne peut pas durer entre nous parce que je dois rentrer à la maison ? »

Aujourd'hui encore, il nous arrive, quand nous nous sentons vieilles et moches, de nous concentrer, pleines d'espoir, sur ces rêves perdus, mais en vain : ils appartiennent à cette époque étrange et révolue et ne reviendront plus. Des lubies romantiques de fillettes, comme quand nous fabriquions des alliances avec le papier doré des chocolats, ou que nous essayions d'accoler notre prénom au patronyme de notre amoureux.

Malgré tout le bon sens acquis au fil des ans, nous faisons de gros efforts pour renoncer au sentimentalisme, pour accepter que nos hommes ne nous disent jamais : « Tu m'as manqué » ou « Tu es tout pour moi » quand ils rentrent de leurs livraisons d'artichauts et de biomasse. Nous savons bien que ce genre d'amour est une fable, surtout quand on est en couple depuis si longtemps. Du reste, un homme qui aurait su exprimer ses sentiments de cette façon nous ferait peur, mais ça n'empêche pas qu'on en rêve !

L'une de nous nous avoua qu'une fois elle avait eu une liaison avec un homme marié et que dernièrement, un quart de siècle plus tard, elle était allée en rêve présenter ses excuses à sa femme. Nous en rîmes comme des bossues. Le soir, avant de nous quitter, nous la bombardâmes de sarcasmes : « Nos amitiés à ton amant, cette nuit ! »

« Fais-toi pardonner par sa femme ! »

« Et ne faites pas trop de cochonneries ! »

Mais quelque chose de ces rêveries devait s'être infiltré dans nos attitudes car nos maris, après nous avoir tourné le dos, se remirent à s'échauffer et à nous courir après. Et il était temps qu'ils le fassent, vous pouvez me croire, il était temps !

Le visiteur nocturne qui nous plaisait le plus fut un certain Robert, qui peupla longtemps le sommeil de la Dévote. Un vrai coup de foudre : à l'école, apparaissait un petit maigrichon au gros nez et à la peau un peu grêlée. Mais quel regard, ah, ce regard qu'il avait ! L'ayant entendu dire, en riant, qu'il était le plus vilain de tous les garçons de l'école, la

Dévote avait pris son courage à deux mains et s'était avancée vers lui pour lui déclarer : « C'est toi le plus beau, en vérité. Tu as le même regard que Robert De Niro. » Il avait approché son visage tout près du sien pour l'embrasser sur la bouche.

Nous l'appelâmes Robert, à cause de son regard, c'était un garçon à l'ancienne et au bout d'un moment, il l'invita chez lui pour lui présenter les siens. Son petit frère l'accueillit avec enthousiasme et, tandis qu'elle l'embrassait, le rêve prit fin.

La nuit suivante, le rêve recommençait et la relation entre la Dévote et Robert se faisait plus intense et plus assidue.

« Salue bien De Niro, ce soir ! » lui lancions-nous en la quittant.

Mais ces histoires nous embarquaient à un tel point que nous avions du mal à nous séparer, alors l'une accompagnait l'autre, l'autre la raccompagnait, et ainsi de suite. Nous parlions surtout de la Dévote, *sciadadedda*, la pauvre, qui voulait devenir nonne et s'était faite novice, mais une fois rentrée chez elle pour réfléchir et décider si vraiment elle souhaitait de toute son âme prononcer ses vœux définitifs, elle était tombée amoureuse d'un garçon qui semblait épris d'elle. Et en effet, déchiré par cet amour impossible, le jeune homme disait à ses amis qu'il se ferait prêtre lui aussi, car jamais, au grand jamais, il ne pourrait en aimer une autre. Alors la Dévote alla chez la Mère Supérieure pour lui confesser qu'elle était faite pour le monde et non pour le couvent. Les sœurs du cloître, compréhensives, lui souhaitèrent beaucoup d'amour, d'enfants et de bonheur.

Mais la Dévote avait agi avec trop de hâte : quand elle rentra au village peu de temps après, délivrée de l'habit monacal, le garçon racontait au ban et à l'arrière-ban qu'il était désormais trop tard et qu'il s'était résigné à se fiancer à une autre. La Dévote aurait voulu s'enterrer au couvent, à l'abri des tourments du monde. Mais elle n'eut pas le culot d'y retourner – pas tant à cause des sœurs, qui l'aimaient bien, et l'auraient comprise et pardonnée, que parce qu'elle avait trop honte de faire la girouette devant Dieu. Et pourtant, elle aurait fait une sœur parfaite. Elle en avait toutes les qualités nécessaires, et cet amour malheureusement avorté n'avait pas desséché son cœur. Elle vous souriait gentiment même quand vous la maltraitiez, et si vous l'embrouilliez en lui causant du tort ou en ne tenant pas parole, elle vous disait « Il n'y a pas de problème ». Cette façon de faire nous devint vite insupportable, c'est pourquoi nous commençâmes à l'appeler *sa monza,* la nonne, et certainement pas pour louer ses vertus. Du reste, peut-on tolérer quelqu'un qui subit des affronts sans jamais envoyer personne se faire foutre ?

Ce garçon, qui était à l'origine de sa vie séculaire, devint par la suite le mari d'une de nous, et quand celle-ci était fâchée contre lui, elle disait à la Dévote qu'elle n'avait rien perdu. Quant à nous, nous pensions qu'il aurait mieux fait d'épouser la Dévote, restée douce et patiente, plutôt que l'autre, qui ne lui en passait pas une et piquait une colère pour la moindre bêtise. Toutefois, dès qu'elle avait de nouveau son mari à la bonne, la Dévote l'agaçait au plus haut point et elle aussi l'appelait *sa monza,* avec mépris.

Talents gâchés

Encore convalescente, Lorena demeurait toujours chez ces Dames. Entre Lina et elle régnait une entente parfaite : toutes deux étaient tels deux lapins dans la nuit, éblouis et figés devant les phares d'une auto. L'une avait ses rêves et l'autre, ses polichinelles en porcelaine.

Même à l'âge tendre, nous ne partagions rien avec Lina. Notre enfance, passée dans la rue, avait été bien plus belle que celle de Lina, qui nous regardait derrière ses fenêtres fermées.

Ceux qui, parmi nous, avaient été jusqu'au lycée, avaient fréquenté celui du village voisin. Quant à Lina, on l'avait envoyée à Cagliari, dans une école de bonnes sœurs très huppée, et quand elle rentrait ici, elle ne se mêlait pas à nous. À un moment donné, elle était revenue définitivement et personne ne savait quel niveau d'études elle avait atteint au juste. Étant donné son air godiche, nous pensions malignement qu'elle avait été scolarisée dans un de ces établissements privés hors de prix où tous les élèves sont promus.

Et même quand, en cette saison douce, nous finîmes par bien l'aimer, ou peut-être justement pour cela, jamais nous ne lui posâmes de question sur un éventuel diplôme qui de toute façon, puisqu'elle n'avait jamais eu à travailler de sa vie, ne lui aurait été d'aucune utilité.

Lorena, en revanche, était à nos yeux presque trop intelligente et cultivée. Pendant sa convalescence, vous pouviez la voir errer péniblement dans les rues du village, avec son cache-poussière, un livre sous le bras. Elle s'asseyait pour lire sur un muret quelconque, la tête basse et les cheveux pendants. Quand nous la croisions, nous lui tapotions la joue ou nous lui faisions une caresse, comme nous en faisions une à Gilles qui la suivait partout, inquiet.

« C'est un gâchis, disions-nous d'elle, un vrai gâchis, qu'une fille aussi poétique fasse des mathématiques ! »

Épuisée, blême et émaciée, elle retournait chez ces Dames et se remettait au lit. Nous passions souvent la voir et nous lui apportions une boisson chaude dans sa chambre, en la suppliant de faire un effort. Elle tenait un moment sa tasse entre ses mains, mais finissait par renfoncer sa tête dans l'oreiller.

« La seule chose que je souhaite, c'est de m'endormir pour toujours.

– Tu peux arrêter, s'il te plaît, et nous dire ce qui te prend ? »

Elle serrait les poings et les agitait : « Le monde est laid et je ne veux plus y vivre.

– Oh, mais le monde est rempli de tant de belles choses ! disait Naïma pour la consoler.

– N'y pense plus. Il ne faut pas trop réfléchir, ma fille. Il faut faire chaque jour son devoir et aller de l'avant, lui conseillait la Dévote.

– Je l'ai fait, mon devoir. J'ai passé ma maîtrise. »

Puis le petit groupe se dispersait et nous échangions des commentaires.

« Elle s'est trompée de voie.

– C'est une littéraire, elle est trop poétique. Il n'y a rien de pire pour un jeune que de se tromper de voie et de ne pas avoir la force de revenir sur ses pas.

– Elle est tout simplement trop gâtée. Sans véritables sentiments, sans vraies valeurs. Aucune femme de chez nous ne se comporterait de cette manière, disait Saïd Amal quand il entendait parler d'elle.

– Et si elle se suicidait ? On ne sait jamais avec ce genre de filles.

– Comment oserait-elle se montrer assez ingrate pour se suicider ici, parmi nous qui l'avons accueillie et qui la protégeons ? »

Aussi, le lendemain, nous nous rassemblâmes à son chevet pour lui parler de l'idée que nous avions eue : pourquoi ne se lancerait-elle pas dans la carrière littéraire, avec ses poèmes ? Celui qu'elle nous avait lu à Noël était triste, certes, mais il était beau : elle avait du talent, c'était clair, pour s'emparer des banalités de l'existence et vous les restituer avec un sens nouveau. Bon, la poésie rapportait peu. Ou bien si, au contraire : elle publierait un livre, deviendrait célèbre et gagnerait un tas d'argent, disaient les plus démunies.

« Ne te suicide jamais, ma fille, lui disions-nous. Pense à tous les poèmes qu'il te reste à écrire ! »

Sur la question, le Professeur exprimait d'un ton apocalyptique un avis tranché. Lorena était l'une des moins médiocres de tous ses étudiants, elle appartenait à une génération qui risquait de connaître sous peu la guerre ou d'être anéantie à la suite d'une catastrophe. Voilà pourquoi elle était déprimée et pensait au suicide : elle percevait l'obscurité de notre époque. Que nous ne lui fourrions pas dans la tête des fantasmes de célébrité, par pitié. Cette nouvelle génération avait compris qu'étudier ne sert à rien et que seul le succès compte. Les professeurs étaient les premiers à donner le mauvais exemple. Carriéristes, ils se pointaient à l'université deux fois par semaine pour donner leurs cours, ils ne suivaient pas les travaux de leurs étudiants, ils considéraient que le travail didactique était une perte de temps et ne pensaient qu'à publier encore et encore. Dommage qu'ils n'aient pas compris que leur métier est le plus beau du monde. Pour sa part, s'il y avait une chose dans la vie qu'il aimait vraiment, c'était bien enseigner. Lorena avait obtenu son diplôme avec une mention très bien, et elle pourrait devenir une excellente enseignante au collège ou au lycée. Cette idée de poétesse célèbre était une lubie absurde et dangereuse.

« Et puis, entre nous, ajouta-t-il, vous vous rappelez son poème de Noël ?

– Il était superbe !

– Qu'est-ce que vous racontez ? Complètement frappées ! Voilà ce que vous êtes. »

Il avait beau être alarmiste, ne pas croire au talent littéraire de Lorena et tout critiquer sans cesse, nous le considérions avec sympathie et nous lui pardonnions de croire que ses idéaux ne se réaliseraient qu'après l'avènement de la catastrophe.

Débraillé de sa personne, il traitait néanmoins ses livres avec un soin maniaque : vous n'y auriez pas trouvé d'inscription, même au crayon, ni de page cornée, car il notait sur une feuille à part la référence des pages qu'il comptait relire. Cependant, malgré sa carapace de cynisme, il posait sur vous un regard bienveillant. De plus, à l'instar de la Dévote et de Gilles, il faisait preuve d'une sollicitude active pour l'humanité dans son ensemble, pas uniquement pour les individus, quand nos sentiments et nos préoccupations se bornaient à l'arrêt du car à la gare du village, au téléphone qui nous donnait des nouvelles de nos enfants et au bureau de poste d'où nous leur expédiions des colis.

Mais pour être honnêtes, hormis l'implacabilité du Professeur, une fois déchaîné, le talent poétique de Lorena nous épuisa rapidement, car elle écrivait désormais des poèmes sur tout et n'importe quoi et nous les récitait aussitôt. Seul Robin continuait à y croire et s'abreuvait de cette complainte amoureuse destinée à un autre. *Et moi, je reste en rade / je ne peux plus l'entendre / me faire comprendre / les voix du crépuscule. / Seigneur / donne-moi la force/de peindre d'autres forêts / vertes / d'autres cieux / bleus / sur la grisaille de ce monde / dorénavant vacant.*

Lorena lui semblait à présent si faible, si fragile et si compliquée. C'était lui qui la protégeait, mais elle qui, d'un geste maternel, ébouriffait sa houppe en poussant de ces soupirs comme pour dire : « Ah, que ce petit est gentil ! » Et il s'énervait un peu, parce que ça l'agaçait beaucoup qu'elle prenne des airs supérieurs, même si elle était plus vieille que lui.

« Je donnerais n'importe quoi pour comprendre pourquoi elle est si malheureuse », disait-il.

Et, ainsi qu'il le faisait pour amuser l'enfant revêche, il se produisait devant elle dans des numéros d'art forain. Il exécutait des grands écarts et des sauts périlleux, lançait les couverts en l'air et les rattrapait au vol, dessinait des arabesques en jonglant avec des citrons et des œufs.

« Quel gâchis, disions-nous aussi de lui.

– Vous avez raison, intervenait le Professeur, en tant que délinquant, c'est un vrai gâchis. »

Depuis qu'elle sévissait dans l'écriture poétique, Lorena allait bien mieux.

« J'ai l'impression de faire enfin ce que j'aurais toujours dû faire, disait-elle. D'ailleurs, seuls les poètes qui se défoulaient en créant ne se sont pas suicidés. »

D'après la Dévote, cette jeune fille était trop éloignée de la religion et c'était là le vrai motif de sa tristesse.

« J'ai bien essayé d'aller à la messe, soupirait Lorena, mais les fidèles me font pitié, surtout quand je les vois attendre l'hostie à la queue leu leu. Je les trouve tellement naïfs, les pauvres. Et puis je crains qu'il y ait aussi des gens mauvais parmi eux.

– Tu n'es pas obligée d'aller à la messe, ma fille, intervenait l'Évangélique. Nous ne faisons pas de messe, nos réunions sont familiales et tu t'y sentirais à ton aise, comme à la maison.

– Il doit y avoir des gens mauvais chez vous également.

– Certainement, mais ils ne sont pas conscients de leur méchanceté, ils sont de bonne foi.

– Tu pourrais te rapprocher d'Allah, lui conseillait Saïda Amal.

– Oh, vous me semblez si ridicules, avec la tête en bas, sur vos petits tapis, tournés vers La Mecque. Vous aussi, vous me faites pitié.

– L'amour, voilà la seule chose qui compte », lui répétait sans cesse Naïma, la Noire magnifique. C'est elle qui, plus tard, la persuada de se déclarer au Professeur. « Dans la vie, il faut oser. »

Naïma nous avait raconté que sa famille était très pauvre, mais qu'elle avait un travail dans une boutique de teinturerie, de laverie et de retouches où elle lavait, repassait, transformait et teignait les vêtements. Quelqu'un lui avait assuré qu'en faisant la même chose en Europe, elle gagnerait assez pour subvenir aux besoins de sa famille au pays ; mais à son arrivée, la seule place qu'on lui avait réservée était sur le trottoir. Les humanitaires des dispensaires STP l'en avaient sortie et maintenant, elle était de ceux qui seraient rapidement pris en charge. Malgré tout, elle n'avait pas perdu toute foi en autrui et en l'amour. Notre village lui plaisait et nous lui rappelions sa maman. Nous en conclûmes que le charme des Africaines procédait en partie de leur aptitude au bonheur, qualité sans nul doute irrésistible aux yeux de n'importe quel être humain.

Et de n'importe quel animal – il suffisait de voir Gilles.

Saïd Amal, quant à lui, trouvait horripilante notre inquiétude pour les états d'âme de l'Étudiante, ce génie méconnu que nous étions les seules à reconnaître.

Sa mélancolie ne lui inspirait que mépris. Comment se permettait-elle, cette gamine occidentale, gâtée et privilégiée, de pleurnicher parce qu'elle n'aimait pas les mathématiques quand lui, avec ses deux doctorats, se voyait condamné à frire des falafels ?

« Ne vous avisez pas de dire "cette pauvre petite" devant moi ! nous menaçait-il.

– Vous vous trompez ! rétorqua la Dévote. Même si vous n'êtes pas chrétien, vous avez certainement entendu parler de Mère Teresa de Calcutta. Et savez-vous ce que disait Mère Teresa ? *En Occident, vous êtes davantage confrontés à la pauvreté spirituelle qu'aux pauvres au sens matériel du terme. Je ne trouve pas difficile de donner une assiette de riz à un affamé, de procurer un lit à qui ne possède même pas une paillasse, mais consoler et abolir ce genre d'amertume, faire cesser cette colère, mettre un terme à cette solitude demande beaucoup plus de temps.* »

Sur ce, pour la première fois et à notre grande stupeur, sans se couvrir la bouche de sa main ni d'un pan de son foulard et dès que son mari nous eut tourné le dos, Saïda Amal l'imita dans un bel italien avec l'accent arabe : « *Ne vous avisez paaas de diiire "cette pauuuvre petite" devant moiii !* »

L'Étudiante et Robin n'étaient pas les seuls à gâcher leur talent, qui littéraire et qui forain. L'Ingénieur aussi gâchait le sien, lui qui avait travaillé pour tant de rupins du monde entier, même à New York, pour la rénovation de l'hôtel The Pierre, où Liz Taylor avait vécu dans une suite. Il avait pris ses repas dans le restaurant le plus chic de la ville, qui avait vu défiler le président des États-Unis, Kissinger, Jacqueline

Kennedy, Sophia Loren, Frank Sinatra, Tony Bennett, Audrey Hepburn…

«J'ai toujours œuvré pour la défense du beau, disait l'Ingénieur. Ne le prenez pas mal, mais votre village est moche. Vous l'avez agressé à coup de plastique, de fibrociment et de tôle. Il souffre de votre désamour, des blessures que vous lui avez infligées, et qui seront difficiles à refermer. Il ne s'agit pas de tout raser pour tout reconstruire, mais de soigner chacune de ses plaies, avec délicatesse. La Ruine vous a été offerte par ces braves gens qui sont partis, et vous l'avez laissée mourir, dans l'indifférence générale.»

Il avait raison, négliger notre village de cette manière avait été une abomination, et les propos de l'Ingénieur furent l'objet, entre nous, de disputes interminables visant à désigner les coupables d'une telle dégradation.

Nombre de nos maris s'y connaissaient en bâtiment, et cette idée de soigner les plaies de notre village abîmé se mit à leur trotter dans la tête. Une délégation d'architectes amateurs alla parler à l'Ingénieur : on pouvait commencer par la Ruine.

Pendant le chantier de restauration, qui débuterait l'été, les envahisseurs se partageraient, logés chez les uns et chez les autres – on ne demanderait rien aux politiques et surtout, on tiendrait cette canaille de Maire à l'écart de cette affaire.

Pour restaurer cette vieille bâtisse en pierre, il était indispensable de commencer par le fond, c'est-à-dire d'assainir le sol en aménageant un espace d'aération – il faudrait ôter une bonne quantité de terre et installer des coffrages pour créer un vide sanitaire où l'air circulerait afin d'éliminer l'humidité. La phase suivante concernait le toit, endommagé par le temps. La vieille charpente serait entièrement remplacée, des feuilles de liège seraient posées sous les tuiles pour isoler et garder la maison fraîche en été et chaude en hiver. Sur les murs, on fixerait un revêtement à mailles fines qu'on recouvrirait d'une première couche d'enduit, puis d'une deuxième. Certaines des fenêtres et des portes étaient récupérables et pouvaient être rafraîchies grâce à un produit rénovateur. Pour la plomberie et l'électricité, les normes actuelles imposant une attestation de conformité, l'intervention de professionnels serait nécessaire – disjoncteur, mise à la terre et installations ignifugées étaient devenus obligatoires. Puis, sur une chape de chaux et de sable, on poserait des tomettes et enfin, on appliquerait un fixateur sur les murs avant d'y passer deux couches de peinture.

L'Ingénieur opinait, les travaux commenceraient bientôt, il allait falloir se procurer l'ensemble du matériel. Mais réhabiliter la Ruine n'était pas suffisant, nous devions refermer les plaies sentimentales que nous avions infligées à nos propres maisons.

Nos maris commencèrent par se gausser et ricanèrent dans son dos, puis nous nous sentîmes tous concernés. Nous invitâmes l'Ingénieur à venir chez nous pour psychanalyser nos demeures, et plus personne n'osa se moquer.

« Cette maison a-t-elle été offensée ? lui demandions-nous, anxieux. Comment y remédier ? »

Nous étions conscients de la laideur dans laquelle nous vivions, mais que cette laideur puisse constituer une offense ne nous avait jamais effleurés.

« Et la maison de ces Dames ? N'est-elle pas splendide ?

– C'est une maison malade, elle souffre énormément, elle étouffe, répondait l'Ingénieur. Ne comprenez-vous pas qu'elle va en mourir ? »

« C'est un poète, disions-nous, un poète du bâtiment.

– Il connaît son affaire », disaient nos maris qui à présent le prenaient au sérieux.

Ainsi, sous la férule de l'Ingénieur, nous entreprîmes de rassembler le matériel destiné à ressusciter la Ruine et à obtenir le pardon des pierres que nous avions mortifiées.

Notre petit terrain de foot aussi était outragé, envahi par les mauvaises herbes et les flaques de boue, les filets de ses buts étaient en loque.

« Vous n'êtes pas des passionnés de foot ?

– On y jouait, autrefois.

– Vous ne regardez pas les matchs à la télé ? Le Cagliari ? La Torres ?

– *Funti tottus strangius.*

– D'accord, ils sont tous étrangers, mais quoi, vous voudriez des footballeurs avec la *berritta*[1] ?

– On aimerait entendre quelques noms de famille de chez nous en série A, une équipe formée de Puddu, Marrosu, Mereu, Pillosu, Mancosu, Porcu, Murru, Madau, Mureddu, Aresu, Porceddu…

– Et sur le banc de touche ?

– Rossi, Bianchi… »

---

1. *Berritta :* couvre-chef traditionnel en *orbace,* lainage typique de Sardaigne.

Le Père Efix

Le premier sauvé fut tout de même le petit terrain de foot et l'on y organisa un match entre envahisseurs et villageois, chaque équipe disposant d'un gardien, d'attaquants, de défenseurs et de milieux de terrain.

C'est alors qu'au bout de la route, se profila une silhouette noire, insolite et inattendue, toute soutane au vent : c'était le Père Efix, et Robin s'élança vers lui.

« Il est venu m'entraîner pour le match », dit-il en nous le présentant, tout fier.

Dans sa trentaine, le Père Efix, petit et sec, mais robuste, effectuait tous les jours à l'aube, avec son short long jusqu'aux genoux, tours de terrain, dribbles et autres acrobaties footballistiques.

Robin était son protégé. Il était venu en personne le chercher au domicile de ses parents pour le conduire chez les humanitaires. Le curé était freluquet, mais Robin disait que ce jour-là, sa stature était celle d'un géant. Après avoir foudroyé de son regard pétrifiant la mère et le beau-père de Robin, il avait, sans préambule, tiré de la poche de son pardessus une lettre qu'il leur avait tendue, avant d'emmener le garçon.

Le Père Efix dormit à la Ruine sur une paillasse improvisée et mangea fort peu. Il posa sur notre modeste potager, qui souriait déjà au futur printemps, le regard extatique qu'il aurait eu en retrouvant Adam et Ève au jardin d'Éden, aussi ému et stupéfait que s'il avait constaté que ces deux-là ne montraient aucun intérêt pour le fruit défendu et profitaient au contraire de tous les bienfaits de Dieu à leur disposition. Effacé, le péché originel.

Le Père Efix ne comptait pas s'attarder jusqu'au match. Victoires ou défaites n'étaient pas son affaire, seul comptait pour lui l'entraînement. Nous le priâmes de rester, Robin avait bien besoin d'un supporter et pour nous, qui n'avions plus de paroisse et, le dimanche, devions nous rendre au village voisin pour assister à la messe, la présence d'un curé était une précieuse aubaine. Il nous demanda alors les clefs de l'église, et y consacra les hosties pour nous permettre de communier.

Autrefois blanche, notre église offrait à présent une teinte fuligineuse. Sa façade était simple, mais bien dessinée, encadrée de deux campaniles encore pourvus de cloches et surmontés de la croix ; trois marches lézardées menaient à son porche, maculé de toutes sortes d'inscriptions. Les cloches étaient en bon état et vous n'imaginez pas comme nous fûmes émus, nous autres villageois, d'entendre à nouveau leur tintement mélodieux, quand le Père Efix battit le rappel.

Une fois rassemblés dans cette église à l'abandon, sans nef, sans arc ni voûte, juste un autel et des rangées de bancs qui lui donnaient l'aspect d'une salle de classe : « *Tu peux rire, rire de mes rêves, car en l'homme je croiraiii...*

– Ce n'est pas un chant d'église.

– C'est un chant juif.

– Mais qui l'a ordonné, celui-là, soupirions-nous, il ne connaît même pas nos cantiques. »

Nous le bombardions de questions : « Est-ce que vous autres, prêtres diplômés en théologie, vous doutez de l'existence de Dieu ?

– Le doute est inhérent à la nature humaine. Grâce au doute, le cerveau se régénère. Par conséquent, douter est bénéfique.

– Mais alors, quelle est la différence avec nous, les laïcs ?

– Il n'y en a pas. Le doute n'est pas un dilemme et il ne compromet pas l'idée de départ.

– Alors, après avoir douté, on croit en Dieu comme avant ?

– Bien sûr.

– Et le pape, il doute ?

– Je pense que oui.

– Est-ce qu'il est diplômé en théologie ?

– Évidemment. Vous vous imaginez un pape obligé de poser un tas de questions à la con à un simple curé ? »

Le Père Efix voulait tout savoir des absents : qui était parti et pourquoi. Outre la raison la plus logique – l'absence de travail pour les jeunes dans la région –, il comprit beaucoup de choses que nous nous étions bien gardés de lui dire.

Un jour, il pria avec nous de cette façon : « *Faites que ceux qui nous sont chers n'aient pas à rougir de nous, ni nous d'eux.*

– D'où vient cette phrase, mon père ?

– De Robert Louis Stevenson.

– Celui de *L'Île au trésor* et de *Docteur Jekyll et Mr Hyde* ? Il a aussi écrit des prières ? »

Le Père Efix possédait une intuition formidable et savait même répondre aux questions que nous ne lui posions pas : « *Prenons certains de nos problèmes pour ce qu'ils sont,* dit encore Stevenson dans ses prières, *des fétus de paille dans le courant de la vie. Seigneur, sèche nos larmes quand elles sont vaines car causées par des raisons stupides.* »

Comme nous nous y attendions, pendant le match, le Père Efix ne se déchaîna que lorsque Robin était dans les parages des buts adverses – même s'il parut un peu gêné de le faire. Il se moquait des autres comme d'une guigne et en cela, se révélait bien différent de la Dévote, de Gilles et du Professeur qui ne faisaient jamais de favoritisme, et beaucoup plus critiquable puisqu'il était prêtre. Mais nous nous sentions proches de lui, qui aimait des personnes et non toute l'humanité. Il fallait être un saint pour aimer toute l'humanité.

Nous vînmes soutenir nos maris, l'équipe des villageois dont pourtant Robin faisait partie. Lina resta chez elle et nous comprîmes pourquoi – elle supportait l'Ingénieur qui était un adversaire et craignait de trahir l'équipe locale.

Robin gâchait son talent en se contentant de jouer au patronage : vous auriez dû voir ce que ce garçon savait faire avec ses pieds, il se révéla un footballeur de première catégorie qui méritait d'être engagé par le Cagliari, d'après nous. Du splendide carré de quatre buts à zéro, il en marqua trois.

Quand il n'était pas à portée de voix, nous le plaignions d'avoir cette malformation à la bouche. Le Père Efix, quant à lui, ne le plaignait nullement : « Dieu aime à se servir des pièces défectueuses, des objets au rebut. Vous avez oublié la parabole de la pierre angulaire ?

– Quelle vie gâchée, pauvre Robin.

– Vous ne devriez pas parler ainsi, dit la Dévote, une vie n'est jamais gâchée. Et quoi qu'il en soit, nous en aurons tous une autre. Bien plus belle, dans l'au-delà. J'imagine la mort comme une gare où les trains des vivants ne passent plus, et nos chers défunts sont à bord du seul train qui arrive pour venir nous chercher. Quelle fête ce sera de nous retrouver et de monter nous aussi dans ce train.

– Ces idées sur la mort, répliquait le Professeur, passent en général après huit ans. Comment se fait-il que vous y croyiez encore à un âge aussi vénérable ? »

Nous nous fichâmes d'elle en lui demandant comment diable monter dans ce train vu que notre gare était fermée depuis des lustres. Comment feraient les morts pour venir nous chercher ?

Saïd Amal était cassant, plein de ressentiment, consumé de colère à cause de ce qui se passait dans son pays et de déconvenue parce qu'il était réduit, malgré ses diplômes, à faire frire des boulettes. Mais il n'était pas seulement remonté contre le régime et le neveu de sa femme, il en voulait au monde entier, humain et non humain.

Il agonisait d'insultes la pâte des falafels, les fourneaux neufs qui ne s'allumaient pas à l'instant, les chaises bancales, la chaîne de la chasse d'eau, les gouttes de pluie qui, du plafond, lui tombaient sur la tête. Il s'emportait contre lui-même quand il tachait sa chemise ou laissait tomber quelque objet, même s'il ne se brisait pas. Il s'énervait après le village et après les villageois. Il était si irritable qu'au cours de la plus banale des discussions, vous deviez sans cesse lui répéter : « Calmez-vous, Saïd, calmez-vous !

– Mais je suis calme ! » vous hurlait-il, menaçant, au visage.

Aux yeux de sa femme, l'une des personnes les plus douces que nous ayons jamais croisées, Saïd Amal était un grand homme, et elle le protégeait comme elle aurait protégé l'enfant qu'ils n'avaient pas eu. Contrairement à lui, elle comprenait ce que seuls les sages comprennent : la haine ne mène à rien. Il faut avoir le courage insensé de dire : « Ça suffit ! Ce qui est fait est fait, maintenant, recommençons. Mettons-nous d'accord, chacun doit renoncer à quelque chose et même à un peu plus que ça. Nous serons mécontents tous les deux mais au moins, nous cesserons de nous entretuer.

– Nelson Mandela l'a bien fait, en Afrique du Sud.

– Togliatti aussi, chez nous », approuvions-nous.

Le Professeur était le seul à se réjouir de cette discorde. Il prétendait qu'il fallait aboutir à cela pour pouvoir enfin tout recommencer depuis le début, et mieux, si possible. À moins que nous ne subissions le même triste sort que les habitants de l'île de Pâques, qui avaient mal fini pour avoir gaspillé leurs ressources en construisant leurs énormes idoles de pierre.

Après le match, le Père Efix aida Tantine et son neveu pour les devoirs téléphoniques du soir sur l'*Iliade.* Ils en étaient au passage où l'armée troyenne triomphe, mais bientôt, Agamemnon fera tomber les têtes des Troyens en fuite.

« L'*Iliade* est pleine de concepts chrétiens, dit le Père Efix. N'est-elle pas chrétienne, cette scène où Priam supplie Achille de lui rendre le corps de son fils Hector ? Le fait qu'ils fondent en larmes tous les deux, l'oppresseur et l'opprimé, n'a-t-il donc rien de chrétien ? L'ostentation de la force et du pouvoir est punie, dans l'*Iliade.*

– Peut-être, mais parfois, même Jésus se vante de sa force dans les Évangiles.

– Quand ça ?

– Par exemple, quand Pilate lui demande : *C'est toi, le roi des Juifs ?* et que Jésus lui répond : *Est-ce de toi-même que tu dis cela ou d'autres te l'ont-ils dit de moi ?* et puis : *Mon royaume à moi n'est pas de ce monde. Si mon royaume à moi était de ce monde, mes gens à moi auraient combattu pour que je ne fusse pas livré.* Et alors, Pilate : *Tu es donc roi, toi ?* Et Jésus : *C'est toi qui le dis, je suis roi.*

– Comprenez-vous, ou non, qu'il parle de quelque chose dont personne ne sait rien ? Peut-on se vanter d'une telle chose ?

– Et quand il parle de Dieu comme si c'était vraiment son père ?

– Oh, mais les évangélistes en ont un peu rajouté ! Jésus n'a jamais su qu'il était Dieu, sans quoi, il ne se serait pas désespéré au Jardin des Oliviers. Il est presque certain qu'il n'était qu'un homme qui voulait changer le monde et qui, pour y arriver, avait besoin qu'on le prenne pour le Messie. Le Seigneur s'enthousiasma pour cet homme qui s'était sacrifié pour un monde meilleur, plus juste, et il le fit ressusciter, en décidant, à ce stade, de le considérer comme son Fils. Bref, ce fut une décision prise par Dieu a posteriori. »

La leçon téléphonique sur l'*Iliade* se poursuivit et, quand ils arrivèrent aux lamentations d'Andromaque, Tantine fut bouleversée. Elle pensa à sa sœur, à elle-même, aux femmes abandonnées, aux épouses des migrants, aux veuves et aux enfants sans pères : *Ô homme ! Tu es mort jeune, et tu m'as laissée seule dans mes demeures, et je ne pense pas qu'il parvienne à la puberté, ce fils enfant que nous avons engendré tous les deux, ô malheureux que nous sommes*[1] *!*

« Marie doit s'être sentie très seule, elle aussi, disait le Père Efix. Quelle que soit la manière dont les choses se sont vraiment passées, son enfant aurait pu rester sans père. Mais il en va de même pour toutes les femmes enceintes, les circonstances de la conception ne comptent plus, le mâle s'efface. Le père, s'il apparaît, le fera plus tard, et demeurera un père putatif. »

Il aimait énormément Joseph et le tenait en grande estime. Quelle largesse de vue avait été la sienne, lui qui avait accepté de s'unir avec une femme gravide, peut-être victime d'un viol. Certes, un ange lui était apparu, qui lui avait dit : *Joseph, fils de David, ne crains pas de prendre avec toi Marie, ton épouse.* Comment le croire ? Et si c'était une hallucination ?

1. Traduction de Leconte de Lisle.

Mais Marie avait le cœur pur, et cela lui suffisait. Du reste, naître d'une violence et avoir réparé celle-ci par le biais d'un homme bon, juste, généreux, prudent et fidèle comme Joseph était dans la droite ligne de ce que seraient plus tard les idées de Jésus.

Avant que le Père Efix nous y fasse réfléchir, qui d'entre nous avait déjà songé à saint Joseph ? À ce qu'il avait pu ressentir en sachant que sa promise était enceinte d'un autre que lui ? À sa décision de devenir père d'un enfant qui n'était pas le sien ? Il les avait pourtant protégés tous deux, et sauvés, surmontant les préjugés et la dureté de son époque. Qui avait déjà pensé à Joseph, son enfant au bras, le câlinant ou le grondant tout en étant conscient qu'il était Dieu ? L'enfant Jésus faisait-il des caprices ? Refusait-il parfois de manger sa bouillie ?

Qui avait déjà pensé au moment où ces malheureux avaient dû émigrer avec leur nouveau-né pour échapper au sanguinaire et puissant Hérode et se réfugier en Égypte, dans un lieu étranger, sans savoir s'ils reverraient un jour leur maison ?

Le Père Efix vous aurait plu, il avait de ces idées ! Mais vous vous seriez demandé vous aussi par quel miracle il avait pu se faire ordonner.

Il nous raconta que Robin était tombé éperdument amoureux d'une jeune fille surnommée, à l'instar de la Dévote, *sa monza,* laquelle n'aurait voulu de lui pour rien au monde. Il l'avait donc envoyé chez les humanitaires pour l'éloigner du trafic de drogue, mais aussi de *sa monza* qui n'éprouverait jamais que du mépris à l'endroit d'un pauvre malheureux dans son genre. Sotte demoiselle, infichue de reconnaître une pierre angulaire. Pour s'éprendre de Robin, il fallait être doté d'un esprit supérieur, d'une âme d'artiste, comme celle de notre poétesse Lorena, par exemple.

« Mais mon père, vous rendez-vous compte que Lorena le rejettera toujours ? Qu'elle fera pire que *sa monza* ?

– Bah ! Pourtant, l'autre jour, elle m'a récité un poème qui m'a laissé songeur.

– Ah, vous y avez droit vous aussi, aux poèmes ?

– *J'ai décidé de vivre seul et / j'en ai fait la promesse à la lune / une nuit où le ciel / était rempli d'étoiles. Sur mes confidences / en toute inconscience / tu as fondé une amitié / les yeux fermés.* L'autre soir, je les ai vus en grande conversation, tous les deux.

– Elle lui confiait son amour pour un autre.

– Elle ne sait pas qu'elle l'aime. Elle n'a pas conscience d'être un esprit supérieur amoureux d'un cœur pur. »

Dès que le Père Efix se fut éloigné, nous chuchotâmes dans son dos : « Un curé pour qui un dealer est un cœur pur…

– Ah, ça. Il a plus de courants d'air dans la tête que de religion. »

Avant de partir, le curé tenta de convaincre les autres villageois, encore méfiants, de changer d'attitude vis-à-vis des envahisseurs. Il cita l'Évangile : *« Car j'ai eu faim, et vous m'avez donné à manger ; j'ai eu soif, et vous m'avez donné à boire. »*

Et puisqu'il y était, il en remit une couche avec l'*Iliade* : *« Et quand ils n'eurent plus le désir de boire et de manger, le Dardanide Priamos admira combien Akhilleus était grand et beau […] Et Akhilleus admirait aussi le Dardanide Priamos, son aspect vénérable. »*

Après quoi il cita le prophète Isaïe : *« Le Seigneur Yahvé m'a ouvert l'oreille, et moi je ne me suis pas rebellé, je n'ai pas reculé. »*

Et enfin, le libre arbitre.

« Monsieur le curé, laissez tomber, avec le libre arbitre. Tout le monde sait que Judas était destiné à trahir parce que tout devait s'accomplir comme prévu.

– Pas du tout, rétorqua le curé avec assurance. Cette théorie ne tient pas debout. Si Jésus avait su qu'il était le Messie, il se serait comporté en libérateur, en vainqueur. Or il a fait tout l'inverse. Et pourquoi ? Parce que, même s'il l'ignorait, il était véritablement Dieu, et en tant que tel, il pouvait se permettre de changer les Écritures. Je comprends que le raisonnement soit trop complexe pour vous. Judas a agi selon son libre arbitre, et il a mal agi, mais il s'est repenti, le remords l'a poussé à se tuer et il a certainement été pardonné, comme vous serez vous-mêmes pardonnés si vous vous repentez.

– Vous n'avez pas de leçon de théologie à nous donner, monsieur le curé, répliquèrent-ils, si vous pensez qu'un suicidé peu être pardonné. »

Quant à nous, ils nous dirent bien pire : « Et si votre Père Efix était un pédophile, en plus d'être un hérétique ? Vous ne trouvez pas ça louche, vous, tant d'affection pour un délinquant ?

– Mais arrêtez, on voit que vous connaissez mal Robin, il lui aurait déjà réglé son compte !

– On ne sait jamais.

– Vous savez quoi ? Allez vous faire foutre. »

Les conseils de Naïma

L'arrivée d'une hirondelle annonça le printemps. Notre potager regorgeait de primeurs.

Mais un matin, nous trouvâmes nos arbustes dépouillés et nos légumes arrachés.

« Les minables ! »

Craignant une escalade de vengeances, une stupide guerre entre pauvres ou entre victimes, nous réparâmes les dégâts sans en informer nos maris. Naturellement, en tant que femmes, portées au compromis – où les deux camps sont mécontents mais au moins, évitent le pire –, quand d'autres légumes repoussèrent nous en laissâmes des pochons pleins devant la porte des autres villageois, en signe de paix.

Le lendemain, à l'aube, nous allâmes voir s'ils les avaient pris et retrouvâmes nos dons en vrac au milieu de la rue. Avant que nos maris s'en aperçoivent, nous les ramassâmes tous en hâte, rangeâmes les légumes intacts dans nos sacs et jetâmes les autres à la poubelle.

Nombre d'entre nous furent envahies par la haine, comment les humains peuvent-ils être si méchants entre eux ? Nous regrettions de ne pas être nées mâles, tant était grand notre désir de leur faire du mal, au sens propre, à coups de poings et de pieds.

Néanmoins, quoique pleines de rancœur et en ruminant des *frastimus*, des malédictions, nous nous entêtâmes à laisser d'autres pochons bourrés de primeurs devant les portes de ces minables. Et cette fois-ci, il y en eut quelques-uns pour nous dire : « Merci. »

Un beau matin, l'Étudiante, rentrée guérie à la Ruine, décida de suivre les conseils de Naïma et de retourner sa vie comme un gant.

Du reste, Lorena avait un atout dans sa manche, car si toutes ses élèves étaient éprises du Professeur, elle seule avait eu l'idée d'affronter avec lui cette aventure difficile. Avec un peu de chance, disait Naïma, l'occasion se présenterait de se déclarer l'un à l'autre.

De plus, la nuit précédente, Lorena avait fait un rêve prémonitoire : elle souriait à une boutade du Professeur, quand soudain celui-ci l'avait collée au mur pour l'embrasser, puis il était tombé à genoux et, en lui agrippant les jambes, il lui avait demandé pardon d'être si vieux alors qu'elle était si jeune. Sur ce, Lorena s'était accroupie et ils avaient fait l'amour par terre, sans même se déshabiller.

« Sens-tu ton cœur battre ?

– Il bat à tout rompre », avait répondu le Professeur.

Voilà pourquoi le matin suivant, l'Étudiante se leva et alla lui déclarer : « Professeur, je vous aime. »

Celui-ci fit un bond en arrière, comme à chaque fois que la jeune fille s'approchait de lui, puis, de loin, il l'observa quelques instants sans rien dire. Enfin, du ton qu'on prend pour s'adresser à un fou ou à un ivrogne, il lui dit : « Tu m'es très chère. Et si un jour, seule et abandonnée sur une route lointaine, tu as besoin de moi, sache que je viendrai te chercher. Mais ne me demande pas ce que je ferai demain. Je suis mort à l'intérieur, sans plus d'enthousiasme ni de désirs, un vieux sac vide. Tu mérites mieux que ça. »

Inconsolable, Lorena nous rapporta les mots du Professeur. Au fond de son cœur, elle espérait toujours apporter un peu de chaleur à cet homme déçu par l'existence.

Pour ne pas rester les deux pieds dans le même sabot, nous allâmes le trouver : « Professeur, vous ne pouvez pas parler de vous-même de cette façon ! Lorena nous a tout raconté.

– Soyez donc un peu adultes ! Je n'allais pas lui dire : "Je ne veux pas de toi. Tu ne me plais pas." Le truc de l'homme détruit est infaillible : chaque fois que j'ai voulu me libérer d'une femme, je m'en suis servi. Je la renvoie malheureuse, mais pas blessée. Elle se dit : "Il ne m'aime pas parce qu'il n'en a pas la force."

– Et vous Professeur, en fait, vous l'avez, cette force ?

– Tout ce que je sais, c'est que je ne peux pas vivre avec une femme. J'ai essayé une fois, j'étais fou d'elle, mais à la longue, elle a pris la fichue habitude de s'attarder à la maison, et d'y laisser ses pantoufles, sa brosse à dents, sa chemise de nuit, des petites culottes de rechange. J'ai tout jeté à la poubelle et l'histoire s'est terminée. »

Pendant ce temps-là, Lorena sanglotait en se reprochant d'avoir agi à la va-vite, sans doute aurait-elle dû attendre que le Professeur se déprenne de ce défaitisme dans lequel il avait sombré, de cet abattement qui l'empêchait d'aimer.

Sachant la vérité, nous nous efforcions de rester évasives, nous lui caressions la tête, lui tapotions l'épaule et flattions ses joues creuses et baignées de larmes et, dès qu'elle ne pouvait pas nous entendre, nous soupirions : « *Sciadadedda, esti a barca perdia* » ce qui, en sarde, signifie : « Pauvre petite, sa barque est fichue, elle fera naufrage. »

Et si quelqu'un prit amoureusement soin d'elle, ce fut bien Robin.

«J'ai tout gâché, tout perdu, il ne me reste plus que son mépris, je suis laide, bête et inutile, personne ne voudra jamais de moi», pleurnichait l'Étudiante.

« Lorena, lui dit une fois Robin, *si je n'étais pas ce que je suis, si j'étais le plus beau, le plus intelligent et le meilleur des hommes, je n'hésiterais pas à vous demander à genoux…*

– Quoi ? demanda-t-elle entre ses larmes.

– Je viens de me rappeler ce que dit un certain Pierre à une certaine Natacha, mais ça n'a rien à voir. Laisse tomber… »

Lorena, qui cherchait à s'affranchir de son obsession pour le Professeur, avait fini par nouer une belle amitié avec Asad, que nous trouvions toutes absolument fascinant.

« N'est-il pas magnifique ? Ne croirait-on pas une statue d'ébène ? N'a-t-il pas des yeux de velours ? » répétions-nous, en extase.

Elle allait souvent lui tenir compagnie au potager partagé. Dès qu'il la voyait arriver, Asad affichait un air joyeux, ne voulant pas que l'envie d'en finir ne vienne hanter l'Étudiante. Espérant qu'elle se reprenne, il lui offrait son sourire le plus radieux en lui montrant les résultats de ses prouesses de jardinier du roi. Dans ce coin de bonheur où la vie, après l'hiver, refleurissait, Lorena semblait plus détendue.

Râteaux et binettes à la main, nous remarquâmes quant à nous que, quand Lorena passait au potager, Robin quittait les lieux, sous un prétexte ou sous un autre, le regard sombre. Mais s'il faisait frais et que la jeune fille était peu couverte, il rebroussait aussitôt chemin pour lui poser sa veste sur les épaules, inquiet qu'elle tombe malade à nouveau. Occupée qu'elle était à remâcher son chagrin d'amour, celle-ci ne paraissait pas comprendre ce qui se cachait sous ses tendres attentions. « Pauvre Robin, pensions-nous, amoureux à vide, avec sa tête bizarre… »

Une balade à la mer

Au printemps, quand le ciel se fit presque bleu et le soleil presque chaud, nous fûmes prises d'une nostalgie lancinante de la mer et de sa beauté. Notre village nous apparut tel qu'il était, aussi petit et étriqué que nos vies.

L'arrivée des envahisseurs nous avait changées: nous avions besoin d'horizons plus vastes et les collines alentour, malgré leurs courbes douces, nous firent soudain l'effet de murailles. Peut-être était-ce cracher dans la soupe, mais notre monde de tous les jours nous insupportait. Il nous vint alors, à nous les femmes, une idée révolutionnaire.

Un chaud dimanche d'un bleu de porcelaine, nos tâches achevées, nous décidâmes d'aller à la plage en compagnie de Lina et des Noires. Une idée qui vous paraîtra loufoque mais qui, à y bien penser, ne l'était nullement. Nous voulions tout simplement offrir à ces femmes une vision de la mer différente de celle qu'elles avaient eue sur les rafiots des migrants.

Mais les humains sont les êtres les plus absurdes qui soient et leur destin ne l'est pas moins, car c'est à bord du car, en route vers la beauté, que les douleurs de Tessy commencèrent. À moins d'une demi-heure de notre village grisâtre, nous dûmes demander au chauffeur de faire demi-tour.

Les douleurs de Tessy ne devinrent plus fréquentes qu'à la tombée de la nuit. Le regard dans le vide, les Noires semblaient absentes, comme indifférentes à l'événement. Elles avaient passé le reste de la journée dans cet état, l'air de penser que, décidément, elles n'avaient jamais eu droit à rien, même pas, aujourd'hui, à une balade à la mer.

Parmi nous, en revanche, cette naissance déclencha une implication unanime.

Le Professeur était le seul Blanc à étaler sa consternation. Comment, après toutes les horreurs qu'elle avait vécues, cette malheureuse pouvait-elle commettre le crime de mettre au monde une créature innocente ?

Quand nous nous étions hasardées à lui poser des questions, Tessy ne nous avait jamais rien répondu. Elle se mordait la lèvre inférieure pour contenir ses larmes. Mais à présent qu'elle était sur le point d'accoucher, elle nous confia avoir été sauvagement battue et violée durant le long voyage qui l'avait menée de son pays à l'Europe. Les autres Noires avaient sans doute subi les mêmes agressions mais, et nous en étions certaines à présent, au fond, tout comme nous, ces femmes continuaient à désirer des choses simples, comme une journée au bord de la mer.

Contrairement à ce que sa mère aurait pu craindre, après une conception issue d'un viol, la naissance d'Atom fut celle d'un prince, entouré de joie, de dévouement et d'affection.

Nous fîmes prévenir ce tire-au-flanc de Maire, qui débarqua en pleine nuit, débraillé comme un *fulliau de sa maretta*, une épave rejetée par les vagues – chaussettes de couleurs différentes, pantalon de pyjama style inondation à Venise, imperméable douteux qu'il devait avoir, dans sa hâte, décroché par mégarde d'un portemanteau sur lequel on l'avait jadis oublié. De toute évidence, il n'avait aucune idée de ce qu'il devait faire, mais nous lui ordonnâmes de nous conduire illico à l'hôpital, pensant que sa présence interdirait à quiconque de causer des problèmes à cette pauvre Tessy. De la fenêtre ouverte de sa voiture, nous saluâmes les autres, restés sur le seuil de la Ruine.

Le nouveau-né n'avait pas la peau aussi noire que celle de sa mère, ce qui ne nous étonna pas. Nous savions à présent quel était le sort des migrantes attendant d'embarquer sur les rafiots des passeurs, et la pauvrette n'y avait pas échappé.

Donner naissance dans ces conditions devait être terrible, et pourtant, depuis toujours et de toutes les façons, la maternité a quelque chose de merveilleux ; même quand vous n'avez pas fabriqué l'enfant et qu'on vous l'a refilé, comme ç'avait été le cas pour Tantine. Mais ce n'était pas le moment de s'attarder sur la nuance du teint du bébé ni sur la manière dont Tessy était devenue mère : pour l'heure, il fallait « sauver les brebis ». Nous devions retrousser nos manches et pourvoir aux besoins de l'enfant, acheter du lait maternisé puisque celui de Tessy ne montait pas, compléter le trousseau que nous avions constitué pour le bébé et lui trouver un pédiatre.

Nos mères et nos belles-mères pétrirent même les petits pains *po is pipius*, que nous avions coutume de donner à mâchouiller aux petits quand ils faisaient leurs dents. Le nouveau-né n'en aurait pas l'usage, mais cela nous laissait espérer que nous verrions pointer ses premières dents.

Une fois passée la déception pour notre expédition manquée, les Noires souhaitèrent elles aussi la bienvenue à Atom, avec des chants traditionnels et diverses danses, qu'elles exécutèrent en tapant rythmiquement dans leurs mains.

La Ruine n'étant pas un lieu adapté pour un nouveau-né, Tessy et son fils s'installèrent chez le Pou, qui avait proposé de les héberger.

On évita, forcément, de se livrer au petit jeu des ressemblances : « À qui te font penser ses oreilles ?

– Et ses menottes ?

– Et ses petons ? »

À ce sujet, silence absolu. Et silence absolu sur le fait qu'Atom était vilain, *sciadadeddu* ! Surtout quand il vous fixait : d'instinct, vous vous retourniez pour comprendre ce qui se passait de terrifiant dans votre dos.

« Il est laid comme le péché, nous disions-nous après chaque visite.

– De qui est-il le fils, commentait la Dévote, sinon du péché ? À qui devrait-il ressembler, sinon à son père ? »

La question du baptême se posa. Nous demandâmes à Tessy si elle était chrétienne, mais elle eut l'air tellement choqué que nous laissâmes tomber. Le Pou en resta inconsolable : « Pauvre petit Atom, condamné aux Limbes ! »

Ce qui la chagrinait n'était pas tant l'absence du sacrement, médisions-nous, que le fait qu'elle ne pourrait pas organiser une grande fête dans sa grande maison sans goût ni grâce, et s'en vanter.

Le Pou, qui n'avait pas eu d'enfants, s'appropria avidement le rôle de la grand-mère, et ne pensa plus qu'à couvrir, nourrir, câliner et protéger le bébé du moindre courant d'air. Mais bien vite, parce qu'elle n'approuvait pas la façon nigériane d'élever les enfants, ses relations avec Tessy se firent tendues.

« Ces gens-là sont vraiment différents, vraiment trop différents. Quand il pleure, vous croyez qu'elle s'y intéresse ? Elle le laisse hurler. C'est moi qui me lève la nuit pour le consoler et lui chanter des berceuses. Quant à l'heure du manger, il n'y en a pas. Ces pauvres nourrissons nigérians n'ont pas d'horaires. »

Mais elle était si fière d'Atom, il fallait voir comme elle se pavanait quand elle poussait son landau dans les rues du village ! Quand nous la croisions, nous ne manquions pas de lui demander de le pousser un moment nous aussi : il y avait si longtemps qu'on n'avait pas vu promener un bébé dans notre village.

Nous ne renoncions pas à nous moquer du Pou, nonobstant que le Père Efix nous ait mises au défi de le faire, en nous expliquant que cette femme était la preuve ontologique de l'existence de Dieu, c'est-à-dire la démonstration a priori du fait qu'il existait, comme l'avait exposée saint Anselme. En effet, le Pou, bien que dépourvue d'un cerveau, parlait, marchait et se comportait comme tout être humain normal. Et puisque c'était un prêtre qui nous disait cela, même si c'était un hérétique, nous persistions à rire sans remords de mamie Pou. À la moindre brise, elle couvrait le petit Atom d'un bonnet et de deux ou trois couvertures en laine, et nous nous esclaffions en le voyant passer : « Tiens, voilà le petit Maure de Laponie ! »

Nous avions beau médire, si d'aventure nous ne les croisions pas de la journée, l'angoisse nous saisissait et nous courions jusqu'à la maison du Pou, où Atom disposait d'une chambrette bleu layette de nouveau-né riche de la véritable Europe.

« Comme il est beau ! » disait Robin. Nous le regardions, effarées, et il ajoutait : « Il est juste effrayé. »

Sans doute à cause de l'excitation de ces jours-là, même Robin nous semblait beau, à présent. Quand il fermait la bouche, sa grimace lui donnait un air mélancolique, et ses yeux étaient d'un bleu fantastique, le bleu foncé des lacs au crépuscule.

Au fil des jours, le nouveau-né Atom ne nous sembla plus si vilain, lui non plus, Robin avait raison, il était seulement alarmé d'être au monde. D'une manière ou d'une autre, les violences subies par sa mère quand elle le portait encore devaient s'être imprimées dans sa tête, car rien d'inquiétant ne rôdait dans sa chambrette : au-dessus de son berceau, des papillons dansaient, légers, au son céleste d'un carillon, et il portait une ravissante grenouillère brodée d'oursons, œuvre de nos mères et de nos belles-mères.

De pure race

Ce fut un printemps resplendissant. Le ciel semblait l'œuvre d'un peintre visionnaire, bleu, semé de nuages blancs plus ou moins grands, mais tous exactement de forme identique. Les rêves de Lorena furent aussi surréalistes que ces nuages.

Elle nous raconta un matin que la nuit précédente, elle était allée en songe, avec d'autres étudiants, retrouver le Professeur. Celui-ci n'avait pas remarqué qu'elle s'éloignait du groupe. Un inconnu, très beau, était apparu à l'une des fenêtres du bâtiment d'en face. Pour la rejoindre et lui donner rendez-vous, il avait descendu les escaliers en courant. Puis brusquement, le rêve avait pris fin. Où avait-elle rendez-vous ? Et quand ? Reverrait-elle un jour ce bel inconnu ?

« Il était plus beau que ton Professeur ?

– Non, pas plus beau, différent. J'ai écrit un poème pour lui : *Ne t'en va pas / maintenant / mon soleil levant / ne disparais pas / dans la nuit noire. / Le temps manque / le temps manque / pour nos caresses / qui font frémir et puis à l'aube s'évanouissent. / Entre tes mains / mon poing serré / il est trop tard pour te hurler / mon amour dans les ténèbres. / Le temps manque / le temps manque / pour le désir dans ma poitrine / de te serrer tout contre moi / seulement une fois.* »

Ce poème-ci nous laissa fort perplexes – mais sans doute nous étions-nous lassées de la poésie de Lorena.

Plus gaies et plus insouciantes, en cette période particulière, nous pouvions nous aussi nous laisser aller à rêver. Nous nous racontions nos songes les plus piquants. En chuchotant, nous établissions un classement des hommes selon leur beauté. Saïd Amal était numéro un. Ne semblait-il pas tout droit sorti des *Mille et une nuits*? Ah, le charme torride des Arabes !

« Laissez tomber les *Mille et une nuits*, il ressemble à qui, Saïd Amal ? Allez, vous y avez toutes pensé…

– À Omar Sharif ! » répondîmes-nous de concert, émoustillées.

Le Professeur avait remporté à l'unanimité la deuxième place, grâce à son charisme d'intellectuel cynique à contre-courant. L'Ingénieur arrivait troisième, avec son cœur tendre, sous ses dehors bourrus. Nous éliminâmes de la compétition l'humanitaire du sex-shop et Abdulrahman, qui étaient sans doute gays mais surtout, bien trop jeunes. À force de bon sens, nous avions perdu le courage de tout risquer par amour, et Anna Karénine était bien là où elle était, dans un grand roman.

Depuis quelques jours, le Pou nous racontait qu'elle se réveillait en larmes, la tête entre les mains, parce qu'elle avait vu sur le dos de Bissente des griffures de femme. Pour la consoler, nous lui disions : « Mais non, il a dû jouer avec un chat.

– Mon mari ne joue pas avec les chats.

– Alors, c'est qu'il s'est gratté.

– Je vous dis que c'étaient des ongles de femme.

– Tu l'as examiné à la loupe ? »

Elle était jalouse des Africaines parce que Bissente passait son temps à vanter leur beauté.

« On le sait bien, qu'au village, les hommes ne veulent plus de nous, les Sardes, ils leur préfèrent les belles étrangères, même si elles n'ont que la beauté du diable. Il ment comme un arracheur de dents, je suis une pauvre idiote de croire qu'il m'aime encore, se désespérait le Pou. Il a dû me tromper avec une de ces voleuses de maris africaines.

– Allons, lui disions-nous pour la consoler, d'accord, tu n'es pas bien jolie, *bascittedda, marridedda,* mais tu les as vues, celles-là ? Elle est où, la soi-disant beauté des Nigérianes ? »

Mais dès qu'elle avait passé le coin de la rue, nous compatissions : « Pauvre Pou, c'est peut-être vrai que ces Nigérianes n'ont que la beauté du diable, et qu'en vieillissant elles deviendront moches, mais en attendant !

– En attendant, elles sont grandes, souples et girondes, elles ont des yeux de biches et des nuages de cheveux noirs, presque bleus.

– Belles ou laides, ça n'a aucune importance, vu que la vraie maîtresse de Bissente est *bascittedda, marridedda, leggiscedda.* »

« Votre amie, se permit le Professeur, un jour où le Pou n'était pas là, n'aime pas vraiment son mari, elle veut seulement le posséder. »

Notre amie, rétorquâmes-nous, était certes une bécasse qui ne comprenait rien à rien, mais elle avait bien raison d'être jalouse car en effet, son mari la trompait, mais pas avec une étrangère, avec une Sarde des environs, petite, maigrichonne, disgracieuse et antipathique. Et même pas riche, avec ça : elle n'avait la tête hors de l'eau que depuis que Bissente l'avait casée dans son propre magasin, au village d'à côté, ce qui ne l'empêchait pas de se donner des grands airs et de toiser tout le monde, du haut de son estrade, derrière sa caisse.

« Encore une preuve ontologique de l'existence de Dieu », aurait dit le Père Efix.

« Les adultères sont souvent inexplicables, pires que l'hypothèse de Riemann. Pourquoi ne lui dites-vous pas la vérité ? demanda le Professeur. Ou alors, pourquoi ne dites-vous pas à Bissente qu'il n'est qu'un salopard ?

– Oh, Professeur, ce n'est plus nécessaire, désormais. Le Pou prend son rôle de grand-mère tellement au sérieux que sous peu, elle n'en aura plus rien à faire, de son mari. »

La suite nous donna raison : le Pou ne se soucia bientôt plus que d'Atom. Bissente s'absentait de plus en plus longtemps de chez lui, il devait profiter benoîtement de sa maîtresse – les crises de jalousie de sa bourgeoise se faisaient rares et du reste, il n'avait plus aucune voix au chapitre dans sa propre maison.

Selon l'Évangélique et la Dévote, le véritable amour est la joie que l'on ressent pour le bien-être de l'autre et par conséquent, nous devons nous réjouir si quelqu'un qu'on aime trouve le bonheur, même loin de nous.

Mais où étaient-elles allées pêcher de pareilles sottises ? Nous étions indignées.

La Dévote, l'Évangélique et Saïda Amal, qui avaient l'âme pure et trouvaient leurs religions respectives chaque jour plus proches, prêchaient que l'important c'est d'aimer et non d'être aimé, et que cela pouvait résoudre une bonne quantité de problèmes sentimentaux.

Pour l'humanitaire du sex-shop, en revanche, c'était le sexe qui menait le monde. Il était de ceux qui croient en leur mission. Il nous expliquait d'un ton docte qu'un orgasme, dans sa brève intensité, est notre seul vrai contact avec l'univers et que l'outillage qu'il vendait était un équipement pour un voyage vers l'infini. Il prétendait avoir contribué à sauver un nombre incalculable de mariages. Mais il fallait oser se lancer, sans préjugés – beaucoup d'exercice et de largesse de vue étaient nécessaires – et surtout, cesser de croire que l'amour était un indispensable préalable au sexe. En revanche, grâce au sexe, affirmait-il, l'amour survient tôt ou tard.

« Combien de sexe faut-il pratiquer pour ce voyage vers l'infini ? Combien de fois par an, raillait le Professeur, faut-il faire *zizi-panpan* ?

– Chaque fois qu'on le peut.

– Cinq fois, c'est suffisant ?

– C'est beaucoup trop ! » répondit l'expert, en rigolant.

Et Lina et l'Ingénieur ? Avaient-ils eu quelque contact avec l'infini ?

Chaque jour, le village reprenait vie davantage et ce printemps-là, dans le silence de la place, on entendait souvent Lina jouer de son piano un peu désaccordé. Nous n'avions pas le souvenir de l'avoir jamais entendue auparavant.

Sire Gilles de Norfolk lui aussi découvrit le sexe. Il sortait de la Ruine de plus en plus souvent et partait en vadrouille dans l'espoir de croiser une petite chienne en chaleur pour laquelle il avait le béguin. Hélas, la chienne appartenait aux Autres, qui vinrent se plaindre à la Ruine, car il s'agissait d'une chienne de race et ils refusaient qu'elle s'accouple avec un bâtard. Que nous lui attribuions des origines nobles les faisait ricaner.

Alors, les envahisseurs empêchèrent Gilles de sortir, la Ruine était spacieuse, il ne manquait pas d'espace pour s'y ébattre, et il pouvait aussi gambader dans le potager.

Le digne animal ne broncha ni n'aboya, il resta là où on lui disait de rester, mais plusieurs jours durant, il refusa toute nourriture. Jusqu'à ce qu'entre femmes, sensibles aux amours interdites des hommes comme des animaux, nous fassions, en cachette, une collecte pour remettre aux maîtres de la Juliette de race une belle somme d'argent pour qu'ils la laissent rencontrer notre noble bâtard Roméo. La nouvelle fit le tour du village et ceux qui ricanaient sous cape en nous croisant se firent plus nombreux encore.

Malgré nos efforts, hélas, bon nombre des Noirs de la Ruine s'obstinaient à nous regarder de travers. Non, il était impossible que ce soit ça, l'Europe !

Nous étions vexées. N'avaient-ils pas remarqué comme notre village ingrat savait aussi se montrer beau ? En particulier certaines nuits étoilées qui ne sont pas noires, mais bleues, non pas obscures, mais lumineuses ; et certaines aubes lors desquelles ses toits colorés pointent au-dessus de la brume, ou luisent de rosée matinale. Avec le vert de ses champs, qui ne se voit qu'ici, bleuté ou parfois violacé, selon la lumière ; ses lucioles, si nombreuses que vous croiriez marcher au milieu des étoiles. Avec le fumet exquis des plats cuits au feu de bois, et l'odeur d'herbe mouillée et de bois, même si les cheminées sont éteintes et que les champs sont lointains. Avec les touffes jaune d'or des genêts qui l'entourent, au printemps. Avec ses nuages légèrement safranés qui font un ciel doré, et tranchent si joliment sur le vert et le violet des champs. Avec ses crépuscules, qui projettent sur les façades des maisons leur lumière orangé et turquoise.

Si vous le connaissiez, vous verriez vous aussi à quel point il est beau, au fond, notre village.

À l'instar des Noirs déçus, le petit Mahmoud persistait lui aussi à nous tourner le dos, ce qui nous chagrinait et nous humiliait beaucoup.

« Comment vas-tu, aujourd'hui, Mahmoud ? » lui demandions-nous affectueusement.

Jamais il ne nous répondait. Si nous nous approchions, il s'agrippait, horrifié, aux jupons de sa mère. Quelqu'un devait lui avoir fourré dans la tête que les gens comme nous pouvaient lui faire du mal. Aussi continuait-il à nous traiter de « méchantes » quand nous cherchions à l'amadouer en babillant, et lançait-il des hurlements de terreur quand nos maris, certains de le conquérir, l'attrapaient pour le jucher sur leurs épaules ou pour le jeter en l'air, encore et encore, comme ils le faisaient avec nos enfants.

Seul Robin trouvait grâce à ses yeux et celui-ci, tout fier de cette prédilection, se mit à le traiter et à le protéger comme un vrai petit frère, finalement.

Quant à Gilles, après être entré en contact avec l'univers grâce au voyage vers l'infini qui nous avait coûté si cher, il était devenu plus amoureux encore des humains, des animaux et des plantes.

En Europe ! En Europe !

Un beau matin de cette fin de printemps, nous rejoignîmes la Ruine avec la sensation que quelque chose de grave allait se passer. Et en effet, le Maire venait de débarquer pour annoncer, euphorique, que le transfert et la répartition des réfugiés avaient été décidés. Nous en restâmes pantois.

« Et si on demandait à les garder encore un peu ? » pensâmes-nous aussitôt. Pourquoi ne pas tracer une frontière inviolable entre nous et le reste du monde ?

Mais c'était justement de cette frontière dont les migrants ne voulaient pas… La nouvelle les remplit d'enthousiasme et les plus farouches cessèrent de nous jeter des regards torves.

Parmi les humanitaires, Tantine fut la plus heureuse : enfin, elle pourrait revoir son neveu et l'aider, en personne, à mener à bien d'autres devoirs complexes pour le collège. L'*Iliade* s'était achevée : Priam était allé trouver Achille pour lui réclamer le cadavre de son fils Hector. Devant son ennemi éploré, le héros impitoyable s'était ému.

Au terme de cette saison douce, le ciel fut bleu, étoilé et plein de surprises.

Ces Dames nous invitèrent, nous les Blancs, à dîner chez elles. L'Ingénieur s'installa à la place d'honneur et, debout, nous tint un discours qui nous stupéfia. Nous pensions qu'il était athée, d'ailleurs il l'était peut-être, mais, dans un anglais impeccable, il récita : « *Today we got forth separate. Go with us, our guide and angel. Hold Thou before us in our divided paths.*

– C'est-à-dire ?

– *Aujourd'hui nous nous séparons. Viens avec nous, notre guide et ange, sur nos chemins qui divergent.* »

Le Professeur nous sidéra à son tour en proposant un toast en l'honneur de l'Étudiante : « Au premier livre de *Lorraine*, qui de rêves est pleine ! »

« Il est ivre ?

– Ne dites donc pas de bêtises. Comment pourrait-il l'être, il n'y a rien d'autre à boire que du thé et de l'eau de pommes, dans cette maison.

– Il n'est pas ivre d'alcool, n'empêche qu'il est ivre.

– Lina a dû laisser macérer ses pommes trop longtemps... »

Au cours de cette soirée, les humanitaires décidèrent de nous faire des révélations.

Les petits frères de Mahmoud, l'enfant le plus antipathique du monde, n'étaient pas restés au pays avec leurs grands-parents, en réalité, ils n'étaient pas arrivés au terme du voyage, ils s'étaient noyés sous les yeux de Mahmoud.

Le neveu de Saïda Amal était effectivement homosexuel, ce dont il s'était toujours caché, jusqu'au jour où quelqu'un l'avait dénoncé et, même s'il n'était pas un opposant au régime, il avait jugé bon de fuir avec son oncle et sa tante.

Beaucoup de ceux que nous surnommions les grincheux étaient venus en Europe pour trouver du travail et nourrir leurs familles restées en Afrique. Certains avaient été chassés de chez eux par les bandes armées de factions adverses. Forcément, ils avaient été déçus d'échouer dans notre village perdu où les seules activités possibles se bornaient à restaurer une ruine et à cultiver un potager.

Quant à Lorena, elle nous raconta que lors d'une de ses visites au potager, Asad, tout ému, lui avait montré les photos de ses enfants, à la peau et aux cheveux d'un noir brillant, au regard heureux, au sourire d'une blancheur éblouissante, comme celui de leur mère.

« Il les a perdus au cours du voyage, on les a séparés avant la traversée, et il ne les a pas retrouvés sur le rafiot. Maintenant, il va sillonner l'Europe à leur recherche », nous dit-elle, attristée.

Quelle histoire poignante. Nous pensions qu'une telle entreprise était vouée à l'échec, et néanmoins, nous ne doutions pas que jamais Asad ne cesserait de les chercher. La Dévote et l'Évangélique nous rendirent un peu d'espoir : « *Tout est possible pour celui qui croit* », disait Jésus Christ.

Cette nuit-là, personne d'entre nous ne put fermer l'œil. Jamais nous n'avions éprouvé autant de honte pour notre ignorance et notre stupidité.

Le lendemain, seule Lorena affichait un air radieux. Son rêve s'était enfin conclu : le mystérieux garçon et elle avaient enfin pu s'embrasser. Le Professeur venait de s'éloigner après l'avoir saluée avec froideur quand l'inconnu de la fenêtre d'en face l'avait rejointe. Vu de près, il n'était pas beau du tout, plutôt assez vilain, en fait, mais il lui avait donné un doux baiser sur les lèvres, puis plusieurs autres, tous délicats, suscitant chez elle une puissante émotion, jamais encore éprouvée dans la réalité.

La dernière soirée fut la plus surprenante. Un bal serait organisé dans la demeure de ces Dames. De nombreux Noirs refusèrent hélas l'invitation. Ils ne voulaient pas perdre un temps précieux et préféraient refaire leurs bagages pour être prêts à partir. En Europe ! Enfin, en Europe ! Mais ils tinrent à nous saluer avec un chant que les humanitaires traduisirent pour nous, sans pouvoir masquer leur émotion ; il racontait la fuite, le désert, la faim, la soif, la prison et les tortures, la décision d'embarquer et de défier la mort en mer.

Nous en conçûmes un grand désarroi, et nous eûmes honte d'avoir jugé ingrats leurs visages fermés. Au fond, ils avaient raison, risquer leurs vies pour finir dans ce trou perdu, à reboucher les fissures d'une ruine et à cultiver quelques mètres carrés de potager, ça ne valait pas le coup. Mais ce qui nous chagrinait le plus, c'était que nous savions bien que l'Europe, leur terre promise, ne serait pas à la hauteur de leurs attentes.

Mais peut-être que si, en fait ? Que savions-nous au juste de l'Europe, nous autres ? Et l'Europe, que savait-elle de nous ? Nous n'étions sûrs que d'une seule chose : l'Europe ne voulait pas d'eux.

Robin arriva chez ces Dames vêtu des habits que lui avait cousus le Tailleur, ceux que nous pensions réservés au thé avec la reine Élisabeth. Pourquoi ne les avait-il jamais mis avant ? Nous fûmes tous ébahis : il était méconnaissable.

Assis sur une chaise, les mains sur les genoux et le regard critique, le Tailleur observa l'effet produit par son œuvre. À un moment donné, il se leva pour aller tapoter les épaules de Robin et lisser sa veste, puis il revint s'asseoir, l'air satisfait. C'était son cheval de bataille, une version moderne de l'habit sarde pour homme, pantalon, veston et gilet en grosse futaine, chemise en toile de coton blanche ornée de broderies avec un col Mao, chaussures montantes noires, bien cirées, qu'un de ses amis, cordonnier, avait faites à la main.

Ainsi transformé en fils idéal du Tailleur et, à nos yeux brillants d'admiration, en l'un de ces acteurs de cinéma un peu fuyants qui rendent les fillettes hystériques, Robin semblait plus sûr de lui. Aussi, remarquant que le regard de Lorena était rivé sur lui, il trouva enfin le courage de le lui retourner.

À propos d'allure, Naïma sortit de son sac une robe élégante, ainsi qu'une fleur en papier rouge et des bigoudis. Elle s'enferma dans la salle de bains, d'où elle ressortit une demi-heure plus tard en habits de fête, avec les cheveux lissés. Nous comprîmes, à leur mine désapprobatrice, que les Noires qui avaient accepté de venir au bal la blâmaient de s'être raidi les cheveux. Naïma voulait-elle à toute force devenir l'une des nôtres ? se demandaient-elles, navrées.

Ces Dames avaient l'électricité, bien entendu, mais nous préférâmes allumer des bougies, comme aux premiers temps à la Ruine – nous aimions bien la dégaine qu'elles nous donnaient, de rescapés, ou de joyeux fantômes.

Nous traînâmes Lina jusqu'à son piano puis nous revînmes, un peu embarrassés, nous planter sur les côtés de la salle. Mais bientôt, à l'improviste, nous levâmes les bras en l'air et chacun se mit à danser à sa façon. Lina devait sans cesse changer de mélodie.

« Hé, *Quand les mots échouent, la musique parle* !

– Mais qu'est-ce que vous racontez, Professeur ?

– Ce n'est pas de moi, c'est de Heine. »

Même donna Ruth, dans son fauteuil roulant, marquait le rythme de la tête et des bras. Saïda Amal dansait, les mains pressées contre son cœur, et criait qu'Allah se trouvait là.

« Alors comme ça, vous êtes joyeux vous, les musulmans ? Allah le permet donc ?

– Bien sûr que nous sommes joyeux ! Bien sûr qu'Allah le permet ! »

L'humanitaire du sex-shop et Abdulrahman s'échangeaient des regards bouleversants, puis ils s'enlaçaient, la tête baissée sur la poitrine.

« Ah, quel moment ! nous dit Abdulrahman en relevant les yeux.

– Comment a-t-il été, ce moment ?

– Il a été… il a été doux. »

Nous les Sardes, nous nous prîmes les uns les autres par le bras pour danser *su ballu tundu*[1]. Pendant ce temps-là, Lorena regardait, effarée, la métamorphose de Robin. « Il est si soigné, si distingué, avec sa chemise blanche, son veston et son pantalon neufs.

– Une valse pour Robin et Lorena ! » cria soudain quelqu'un.

Ils ne savaient pas danser, mais ils entrèrent tout de même en piste pour leur *tour de valse**. Lorena posa ses petites mains aux ongles rongés sur les épaules de son cavalier, un sourire de plus en plus éclatant imprimé sur le visage, elle virevoltait, légère, quoiqu'à contretemps. Par moment, elle s'approchait de nous, haletante, comme pour nous dire quelque chose, mais aussitôt Robin, la saisissant d'une main aux ongles également rongés, l'entraînait à nouveau sur la piste.

Aucun des deux n'était ravissant, mais ils avaient la grâce que seuls les jeunes gens possèdent, et en les regardant, nous doutâmes tous, au moins le temps d'une valse, qu'il pût y avoir au monde autant de douleur et de méchanceté.

Depuis quand n'étions-nous pas allés au bal ? C'était la première fois que nous venions danser chez Lina, nous avions été jeunes ensemble, mais nous non plus, nous ne l'avions jamais invitée au garage, quand des groupes amateurs venaient y jouer.

---

1. *Ballu tundu :* danse traditionnelle sarde où les couples de danseurs forment un cercle autour des musiciens.

En ce temps-là, on détestait ceux qui se portaient mieux que les autres, pas comme aujourd'hui, où l'on déteste ceux qui vont plus mal.

Nous avions apporté un tourne-disque avec les chansons de nos maris, celles qu'ils interprétaient quand, tout jeunes, ils jouaient dans ces petits groupes. Nous rebranchâmes l'électricité et, dans leurs bras, nous dansâmes *Like a Rolling Stone* et *Emozioni.*

L'Ingénieur secouait la tête. Bob Dylan ? Surévalué. Battisti ? Une nullité qui, dans l'histoire de la musique, aurait tout juste mérité une note de bas de page. Puis soudain, il éteignit le magnétophone et marcha vers Lina qui, à ce moment-là, faisait tapisserie. Il l'attrapa par la taille et, en la serrant contre lui, il l'entraîna au centre de la salle pour une danse sans musique et se mit à chanter *Love Is All Around.*

« I feel it in my fingers / I feel it in my toes / the love that's all around me / and so the feeling grows.

– Qu'est-ce que ça dit ?

– Que l'amour est partout, traduisit le Professeur, qu'il le sent sous ses doigts, sous la pointe de ses pieds, et que l'émotion que lui procure tout cela grandit en lui.

– Vous voyez, tout tourne, ses doigts parce qu'il l'enlace, la pointe de leurs pieds parce qu'ils dansent, et tandis qu'ils dansent, son amour grandit.

– Ils s'aiment.

– C'est ça, je compte sur vous pour me suggérer la fin de l'histoire, pour ma part, je m'en tiendrai là – je suis bien trop pessimiste pour imaginer des histoires qui finissent bien », dit le Professeur.

À cet instant, tout le monde se mit à chanter, absolument tout le monde, et, en remuant du croupion, nous nous jetâmes dans la mêlée.

Chacun braillait ce qu'il savait et dansait comme il pouvait, même si c'était avec maladresse, en s'accrochant aux autres. À y bien penser, avant ce bal, on ne s'était jamais touchés, les envahisseurs et nous, les villageois, mis à part une ou deux caresses à Gilles, deux ou trois pichenettes sur les joues de Lorena et trois ou quatre *dodo-l'enfant-do* quand nous avions Atom dans les bras.

« Le chant est l'âme de la prière ! » exulta l'Évangélique.

« *Ce monde passe, les siècles passent, seul celui qui aime est éternel !* » Quand on chante, on prie deux fois, entonnait la Dévote. « *Ne vous conformez pas à ce monde-ci,* dit saint Paul, *mais transformez-vous par le renouvellement de votre intelligence.* Ma décision est prise : je vais devenir missionnaire, j'y pense depuis toujours et le moment est venu… »

Nos corps s'accrochèrent les uns aux autres. Une scène de *Gladiator* nous revint à l'esprit, celle où Maximus lance : « Si nous restons unis, nous vaincrons. » Ce soir-là, tout nous semblait possible.

Si nous restons unis

Notre décision était prise, nous allions revenir à une agriculture raisonnable et les potagers surgiraient de partout. Nous allions restaurer nos maisons abîmées. Nous allions lutter pour notre village perdu. Unis, nous réussirions.

Les envahisseurs effacèrent toutes leurs traces et nous restituèrent la Ruine. Ils lustrèrent les tomettes, firent reluire la robinetterie neuve de la cuisine et de la salle de bains et nous rendirent chaises, vaisselle, seaux, couvertures et oreillers en piles ordonnées.

Après leur départ, nous aurions dû aller en ville résilier les abonnements pour l'eau et l'électricité, mais nous changeâmes d'avis. La Ruine avait été donnée à la municipalité, et donc, à nous tous.

« Si on veut y monter une association, suggéra quelqu'un, il faut qu'on ait de l'eau et du courant.

– Une association pour quoi faire ?

– Un centre d'accueil.

– Ça veut dire une lutte sans merci avec tout le reste du village.

– On se battra ! »

Le matin des adieux, nos mères et nos belles-mères ne vinrent pas saluer les envahisseurs.

Elles n'avaient pas la fibre sentimentale. Pendant la guerre, le village avait accueilli des réfugiés venus de Cagliari réduite à l'état de ruines. Petites filles, elles s'étaient attachées à certains de ces malheureux mais, une fois la guerre terminée, tous étaient repartis. Elles les avaient attendus quelques temps, courant au portail dès qu'elles entendaient frapper, mais les réfugiés n'étaient jamais revenus, pas même pour les saluer en coup de vent et, une fois devenues adultes, elles avaient cessé de faire du sentiment.

Lina remercia les envahisseurs. Émue, sa vieille mère leur dit « merci » à son tour et sur ce, elle s'éclipsa en hâte avec son fauteuil roulant en se traitant d'idiote, elle qui n'avait tout d'abord pas voulu leur ouvrir sa porte pour se retrouver maintenant à pleurnicher parce qu'ils s'en allaient tous.

L'émotion de ces adieux était contagieuse et nous avions toutes les larmes aux yeux. Nos hommes aussi restaient mutiques. Et puis, ni l'Ingénieur ni le Professeur ne trouvaient rien à dire !

Au moment de partir, Mahmoud, lui, ne daigna pas nous accorder un regard. Et comme sa mère, troublée, hésitait, l'enfant s'agrippa à ses jupes, terrifié à l'idée qu'elle décide de rester. De ses petits poings, il lui bourrait les jambes de coups, le petit ingrat !

Des sourires vinrent enfin éclairer les visages fermés des autres Noires et des autres Noirs – des ingrats, eux aussi ! Mais du reste, pourquoi donc auraient-ils dû nourrir la moindre gratitude à notre égard ? Nous avions confisqué leurs terres en leur volant tout, et saccagé leur vie, et il aurait encore fallu qu'ils nous montrent de la reconnaissance, à nous, héritiers des croisés, des colons, des pilleurs de matières premières ?

Le pardon était-il possible, comme le prêchait la Dévote, *sa monza*, que nous avions toujours raillée car nous étions les premiers à ne pas y croire ? Ou bien, nous demandions-nous, peut-on au moins essayer de se réconcilier, de refuser le conflit ?

Ne sachant que faire de Gilles, les envahisseurs nous le confièrent pour lui éviter la fourrière ou la rue. Nous pensions qu'il ne voudrait pas rester et qu'il s'aplatirait au sol, les pattes étendues, décidé à ne plus quitter ses sauveurs. Mais il ne fit pas d'histoires, il leur lança bien quelques regards éperdus, mais ça ne dura pas. Gilles, qui ne se sentait pas plus redevable à ceux qui l'avaient recueilli qu'il ne gardait de rancœur contre ceux qui l'avaient éborgné, s'adapta à la situation, il fit ce qu'il fallait faire et nous suivit. Il aimait bien tout et tout le monde, il était intelligent, il avait du flair et devait se douter que nous nous disputerions son affection.

Saïd Amal nous invita dans le restaurant qu'il ouvrirait tôt ou tard avec sa femme et son neveu à manger du chawarma, du taboulé, des falafels et de l'houmous faits dans les règles de l'art et non avec des ingrédients de fortune.

L'Évangélique nous conseilla de nous convertir à l'Église de Jésus et des Apôtres, puisque nous avions réinterprété l'Évangile à notre manière.

Lina alla chercher un paquet. C'étaient ses polichinelles, enveloppés dans du papier de soie.

« Acceptez-les, je vous en prie, murmura-t-elle, tout embarrassée. En guise de souvenir.

– Moi aussi, j'ai un cadeau pour toi, lui dit alors Naïma, en sortant de son barda un sac plein d'énormes bigoudis. Il faut que tu te coupes les cheveux au moins jusqu'ici – elle posa la main sur son épaule pour lui indiquer la longueur – et que tu les fasses boucler. Quand ça va mal, nous les pauvres, nous prenons soin de notre allure. Nous mettons du rouge à lèvres et du vernis à ongles, nous changeons de coiffure. Vous les riches, à la moindre difficulté, vous vous laissez aller. »

Oui, nous étions toutes d'accord, Lina devait écouter Naïma, se couper les cheveux et se les faire boucler.

« Je les couperai, je les ferai boucler.

– Promettez-moi de manger autre chose que des biscuits et de ne pas seulement boire du thé et de l'eau de pommes. Allez à la plage, et prenez un petit remontant, avant de vous coucher.

– Pardon ?

– Mais oui, quoi, un bon verre de vin et vous ferez de beaux rêves. Et puis, continuez à jouer du piano. Vous le faites si bien. Vous avez une oreille formidable. L'autre soir vous passiez d'une musique à l'autre avec un tel brio ! Le soir, jouez du piano, la journée, allez à la plage. »

Lina se mordit la lèvre inférieure et esquissa un demi-sourire, en prenant son air résigné : « Je suis si fatiguée, les idées me manquent.

– Vous êtes fatiguée parce que vous ne dormez pas, quant aux idées, bah, on va vous en donner, nous. Excusez notre indiscrétion, Lina, ce ne sont pas nos affaires, mais… vous êtes dans cet état parce que… parce que le suicide de votre père a gâché votre vie, n'est-ce pas ? Vous devez l'oublier, ce n'est pas de votre faute.

– Mais si.

– À cause de la rupture de vos fiançailles avec le Maire ?

– Oh, non. Nous n'étions pas fiancés et mon père le savait. C'était une lubie de ma mère.

– Eh bien alors ?

– Nous avons eu une discussion, mon père et moi, peu de temps avant qu'il se tue. Il m'a dit qu'il se sentait pareil à un mur dont toutes les briques seraient tombées, l'une après l'autre. Je lui ai demandé : "De quelles briques parles-tu, papa ?" Il m'en a dressé la liste : les passants qui ôtaient leur chapeau, en le croisant, les notables qui lui rendaient des comptes, le village comme il était autrefois, petit mais prospère. De tout cela, il ne restait plus rien. Alors j'ai voulu savoir pourquoi moi, sa fille, je n'étais pas l'une des briques de son mur. Je l'aimais, moi ; la brique Lina était toujours bien en place.

– Qu'a-t-il répondu ?

– Il m'a répondu que non : il n'y avait jamais eu de brique Lina.

– Et en quoi serait-ce votre faute, Lina ? Quel piteux maçon était votre père, qui ne savait pas distinguer le bon matériel du mauvais... Il faut que vous tourniez la page et que vous tentiez enfin de vivre votre vie. »

À l'instant des adieux, tout le monde remarqua le mouvement de sa petite tête vers le visage de l'Ingénieur, comme si elle en attendait un baiser, ou voulait lui en donner un. Mais la poignée de main de ce dernier, ferme et brève, ne pouvait être qu'une invitation à oublier toute forme d'intimité entre eux. Était-ce pour ne pas ajouter de confusion au bouleversement général ? Pour y remettre de l'ordre ? Pour protéger Lina d'une illusion, d'un mirage, d'une épouse quelque part ? Ou bien, tout simplement, l'Ingénieur ne s'était-il pas donné la peine de rassembler un peu d'amour ?

Mais peut-être n'étions-nous juste que d'incorrigibles romantiques *antigori' e nannai*, qui ne comprenaient goutte, en réalité, aux sentiments ?

La scène n'échappa pas au Professeur, mais il ne prit pas l'air triomphant de celui qui l'avait bien dit, de toute évidence, il avait espéré, au moins pour cette fois, être démenti par les faits.

« Nous sommes ainsi faits, on ne peut rien y changer, dit-il tristement. *Qui nous a donc ainsi retournés de la sorte, / que nous ayons l'allure, et quoi que nous fassions, / de qui s'éloigne ? de même que, sur le dernier coteau, / qui sous ses yeux déploie, une dernière fois, sa vallée tout entière, / le partant se retourne et s'arrête et s'attarde, / – de même nous vivons, et toujours et toujours nous faisons nos adieux*[1].

– Vous vous êtes mis à la poésie, vous aussi, Professeur ?

– Pensez-vous ! C'est de Rilke. »

Au moment des adieux, les épaules secouées de sanglots, Robin cacha son visage entre ses mains. De ce bredouillis, nous comprîmes seulement que personne ne l'attendait nulle part. Quand soudain Lorena s'approcha de lui et le prit dans ses bras puis, ne parvenant pas à ôter ses doigts de son visage, elle les lui embrassa un à un, cherchant à atteindre ses yeux et son nez, puis ses oreilles et son cou, en lui murmurant : « Je suis là, moi. »

Elle réussit à lui faire baisser les bras.

« Si tu te fous de ma gueule, je te le ferai payer, la menaça Robin, en lui montrant ses poings.

– Je ne me moque jamais de personne, moi.

– Tu n'as jamais rien écrit pour moi.

– *Sur un fond de mer bleue liquide amour vite / je te peindrai / tout entier avec ta houppe de travers sur tes yeux / et deux souliers éculés. / Sur un fond de ciel bleu amour / chaud de soleil / je te peindrai / compagnon que je ne veux pas perdre / d'une route qui n'a pas de fin.* »

Et, en se tournant vers nous : « C'était lui, le garçon de mon rêve. »

---

1. Rainer Maria Rilke, « Élégies de Duino », VIII, traduction d'Armel Guerne *Poésie, œuvres 2,* Le Seuil, 1972.

Et le tatoueur ? Et le Professeur ? Heureuse jeunesse ! Cette merveilleuse fillette avait un cœur d'artichaut. Pour tomber amoureuse d'un dealer à la bouche tordue, il lui avait suffi de le voir vêtu de neuf.

L'adieu aux envahisseurs

Les envahisseurs reprirent leur route. Nous aurions eu encore tant de choses à leur dire, mais les mots justes n'arrivent jamais au bon moment, et dans nos souvenirs, nos adieux ne ressemblèrent pas à grand-chose.

Le fait est que nous ne considérâmes pas comme un adieu ce qui pourtant l'était, gardant nos mots pour nous dans l'attente d'une autre occasion, qui n'est pas venue.

Nous parvînmes tout de même à dire quelque chose à Lorena et à Robin : « Nous sommes trop vieux pour vivre encore d'autres saisons douces mais vous, qui êtes jeunes et amoureux, promettez-nous d'en vivre d'autres, des saisons douces comme celle-ci. »

Nous les regardâmes s'éloigner vers le car venu chercher les envahisseurs, en se tenant par la main, d'un pas léger, tels deux danseurs.

Les fenêtres de la Ruine ont repris l'aspect de bouches grandes ouvertes. Il faudra que nous terminions de les réparer – il nous reste encore tant de matériel.

L'hiver approche à nouveau et au potager, nous devrions rempoter, butter, planter, semer. Mais sans les envahisseurs, nous n'y arrivons pas, nous manquons d'enthousiasme, nous sommes retombés dans l'apathie.

Le Maire avait peut-être raison, nous habitons un village de vaincus, sans destinée.

Aux journaux télévisés, en repassant le linge ou en faisant la cuisine, nous avions vu si souvent ces personnes débarquer, entassées sur de vieux rafiots, sans rien éprouver, en lâchant quelque *sciadaus*, distraitement.

Mais ensuite, nous les avons rencontrés, et quand ils sont repartis, nous en avons fait une maladie. Pas tout de suite, cependant. Au début, quand ils se furent dissous dans l'air tels des mirages, nous nous sentîmes presque soulagés de retrouver enfin notre quotidien, notre train-train et notre religion. Allah avait séjourné trop longtemps chez nous et nous nous étions habitués à le considérer comme un alter ego de notre Dieu, mais ce n'était pas le cas.

Retrouver notre vie d'avant fut donc un apaisement et nous fûmes presque heureux de retomber dans notre atonie et de ne plus avoir à lutter contre la débâcle, le chiendent, les vitres cassées. Cette aventure avec les envahisseurs nous avait fourré dans la tête l'idée folle que nous pouvions changer le monde, *tottus pillonadas*, des sottises.

Que tout ait repris un cours normal nous rassurait, mais rien n'était plus pareil et cette accalmie ne dura guère, bientôt, elle laissa place à un sentiment de vide. Du reste, la vie humaine ne se résume-t-elle pas à cela, faire, défaire et refaire ?

« Vous allez nous manquer, nous étions-nous dit en nous quittant.

– Ah, vraiment, vous allez nous manquer !

– Ombres, nous redeviendrons ombres les uns pour les autres.

– Ce sera dur, mais c'est ce qui se passera. »

Et en effet, c'est bien ce qui s'est passé, les envahisseurs pâlissent dans nos mémoires. Mais Lorena et Robin, qui s'éloignent en marchant la main dans la main et semblent danser un menuet, cette image-là reste nette.

Les Autres, ceux qui se sont tenus à l'écart de l'aventure et se sont moqués de nous, qui nous ont toisés et mis des bâtons dans les roues, nous disent : « En somme, cette bouillabaisse de Blancs, de Noirs, de gays, de musulmans, d'évangéliques et de catholiques s'est révélée un paradis. Ils vous ont contaminés. Vous croyiez vraiment faire le bien ? C'est à vous, que vous en faisiez. »

Alors, on laisse tomber. Si l'on ne veut pas que la blessure reste ouverte, si l'on veut qu'elle guérisse et qu'on redevienne amis comme autrefois, mieux vaut ne plus parler de cette époque. C'est inutile, ils ne comprendraient pas.

Peut-être ont-ils raison, d'ailleurs, de dire que nous n'avons agi que pour nous-mêmes, pour nous sentir mieux, parce que nous avons compris que notre jeunesse avait pris fin et que, pour aller de l'avant, il nous fallait une impulsion qui nous débarrasse du pragmatisme de la vieillesse. Tant il est vrai que, quand la possibilité du bien vous est jetée au visage, il est quasiment impossible de reculer, et que la conscience d'être utile à autrui vous procure une grande satisfaction.

Nous préférons oublier les inscriptions menaçantes sur les murs, oublier que les Autres nous ont levé le bonjour et même, nié le moindre regard, oublier qu'ils ont balancé nos légumes dans la rue. Ils ont été ignobles mais nous les aimons bien quand même et, comme le recommandait le Père Efix, ou plutôt Robert Louis Stevenson, pour juger, nous devons nous servir des « *balances faussées de l'amour* », « *the false balances of love* » dirait l'Ingénieur.

Du reste, tout bien réfléchi, il y a de l'ordure en tout être humain, sans quoi nous ne nous ferions pas tant de mal les uns aux autres. C'est cette fange que nous devons extirper de nous, chacun la sienne. Et la Dévote avait raison de nous dire : « S'il vous plaît, ne rendez pas Dieu responsable de tout. Pourquoi nous aurait-il donné le libre arbitre, sinon ? »

Peut-être reste-t-il toujours une petite lueur aux tréfonds les plus obscurs des humains.

Bien que beaucoup d'entre nous, ici au village, aient fréquenté le lycée, nous sommes restés des ignorants.

Mais nous qui avons vécu cette aventure, nous ne perdons jamais une occasion de leur dire : « J'ai même appris un peu d'anglais et quelques mots d'arabe.

– De la philosophie, des mathématiques.

– Et l'*Iliade* ? Qui avait déjà réfléchi de cette manière à l'*Iliade* ?

– Eh, oui, on en a compris, des choses, et des compliquées !

– Nous étions internationaux, universels !

– Une autre façon d'être au monde, vraiment.

– Il y avait de la justice.

– Et comme on s'amusait bien, tous ensemble.

– Ce serait bien, s'ils étaient restés, non ?

– Ce serait bien, si personne n'était jamais parti d'ici.

– Même fauchés, on serait plus heureux.

– Que dit le Coran ? S'il y a à manger pour un, il y en a pour deux, s'il y en a pour deux, il y en a pour trois, et ainsi de suite.

– D'ailleurs, personne n'est jamais né de la cuisse de Jupiter et tôt ou tard, la roue tourne.

– Ça au moins, on l'aura appris : nous sommes fragiles, précaires, mais il y en a toujours un qui arrive à monter dans l'Arche de Noé.

– Quand Noé construisait son arche, tout le monde se moquait de lui.

– Comme de nous : aux yeux des Autres, on était de risibles crétins, alors qu'on en comprenait plus qu'eux.

– Eh, nous, maintenant on en sait davantage sur la grande Histoire que les historiens !

– Et tout ça sans avoir jamais vraiment bougé de chez nous.

– Notre village est devenu comme un kiosque à journaux, ces boîtes de quatre mètres carrés avec le monde entier à l'intérieur… »

Nous n'avons plus revu les envahisseurs. Nous ne savons plus rien d'eux.

Au potager, à l'arrivée de l'été, les tomates ont mûri, ainsi que les aubergines, les courgettes, les concombres et les poivrons. Asad, Robin et les autres n'ont pas pu voir ces primeurs et nous en avons été chagrinés, et nous n'avons pas éprouvé le contentement espéré.

Le mélange des humains, qui nous a paru si simple alors, quand nous étions unis et que nous faisions quelque chose que même les gouvernements trouvent si difficile à faire, est peut-être impossible. Nous, par exemple, nous ne sommes plus allées prendre le thé et grignoter des *mince pies* chez ces Dames. Nous préférons imaginer Lina, qui s'est recluse dans son ermitage, avec les cheveux enfin bouclés, jouant du piano en compagnie d'un homme.

Le rangement de nos armoires nous donne à nouveau entière satisfaction. Nous faisons à nouveau briller nos carreaux. La tuyauterie de nos maisons continue à pourrir, et pourtant, armées de seaux d'eau et de bidons de détergent, à genoux devant nos baignoires, nous les astiquons jusqu'à ce qu'elles rutilent.

Nous nous demandons à quoi notre aventure nous a servi, en tout cas, pas à avoir les idées plus claires. Dans ce monde où tout le monde discute et où tout le monde sait tout, nous autres, habitants de ce petit village, nous ne sommes plus sûrs de rien. Et si nous songeons à la compassion active et généreuse dont fait preuve Sire Gilles de Norfolk, nous voyons bien à quel point nous sommes limités en matière d'amour, nous autres humains. Il nous est resté la conscience que nous n'aurons pas mené seulement une vie de lapins. Au fond, nous disons-nous, pour une fois, nous sommes sortis de notre terrier pour essayer d'aider autrui.

« Les immigrés arrivent en masse à bord de leurs rafiots, et il y a des risques qu'on nous en renvoie à nouveau ici. Imagine que parmi ceux-là aussi, il naisse des marmots comme Atom.

– C'était bien d'avoir un bébé ici, au village, il y avait si longtemps qu'on n'en avait pas vu naître un.

– Heureusement qu'on a confié Gilles au Pou, elle serait morte de tristesse sans Atom.

– Disons plutôt qu'on a confié le Pou à Gilles.

– Comme elle s'était faite courageuse, notre imagination, jadis si peureuse et si paresseuse. Eh, nous voilà devenus des personnages de roman !

– Dommage que l'histoire soit finie. *S'erba a pagu a pagu adi interrau tottu / e no ti beniada mancu de penzai / chi omminisi e femminasa / proppriu ingunisi, arrianta impari / castiendu una matta florida*[1].

Cagliari, mars 2020

1. Traduction en sarde des vers de Tonino Guerra cité en exergue.

Remerciements

Merci de tout cœur à Alessandra Menesini, que je considère comme ma « marraine en littérature », parce qu'elle fut la première étrangère – elle m'est à présent chère – qui apprécia l'un de mes écrits, il y a longtemps.

Merci à Marco Alberto Desogus, car nombre des personnages de cette histoire sont nés de ses photographies.

CET OUVRAGE A ÉTÉ ACHEVÉ D'IMPRIMER
SUR ROTO-PAGE
PAR L'IMPRIMERIE FLOCH À MAYENNE
EN JANVIER 2021

N° d'édition : 560. N° d'impression : 97587
Dépôt légal : février 2021
Imprimé en France